Der Tod setzte die Segel

AF284053

Ich bedanke mich bei meinem lieben Freund und Nachbarn, Jürgen B. für die Recherche, das Strafmaß für „böse Buben (und auch Mädchen)" betreffend ;-)

Juergen von Rehberg

Der Tod setzte die Segel

Bibliografische Information der Deutschen Nationalbibliothek:
Die Deutsche Nationalbibliothek verzeichnet diese
Publikation in der Deutschen Nationalbibliografie;
detaillierte bibliografische Daten sind im Internet
über http://dnb.dnb.de abrufbar.

Herstellung und Verlag: BoD – Books on Demand,
Norderstedt

ISBN: 978-3-*7519-1753-7*

Das Haus im 13. Wiener Gemeindebezirk stand auf einem parkähnlichen Grundstück und war schon eher als Villa zu bezeichnen.

Im Erdgeschoss befand sich die Wohnung von Stephan und Helene Zinner. Stephan war Zahnarzt, genauer gesagt Dentist, denn es fehlte ihm die universitäre Ausbildung.

Das hatte ihn jedoch nicht daran gehindert, sich über viele Jahre eine renommierte Patientenklientel zu erarbeiten, zu der – neben Persönlichkeiten aus Sport und Kultur – auch ein paar wohlbetuchte Wirtschaftstreibende zählten.

Einer dieser Wirtschaftsgranden war Gerald Körner, der Besitzer von Körner-Bau GMBH, einer der größten Baufirmen im Land, mit Sitz in Krems.

Die beiden Männer hatten sich anlässlich eines Silvester-Balles in der Wiener Hofburg kennengelernt und waren sich dort nähergekommen.

So blieb es auch nicht aus, dass ab diesem Zeitpunkt Gerald Körner, nebst seiner wesentlich jüngeren Gattin Evi, Patienten des Wiener Zahnarztes wurden.

Im Obergeschoss der Villa wohnte Dr. Axel Hafner, der Schwiegersohn von Stephan Zinner. Er hatte Marianne, das einzige Kind des Zahnarztes, geheiratet.

Obwohl die Ehe schon gute drei Jahre dauerte, war sie noch immer kinderlos geblieben.

Stephan und seine Gattin Helene bedauerten dies sehr; aber vor allem Helene. Sie war etwas älter als ihr Gatte und sie hätte sich so sehr über ein Enkelkind gefreut.

Helene Zinner litt unter MS mit einem sekundär fortschreitenden (progredienten) Verlauf. Das heißt, dass die körperlichen Beeinträchtigungen schneller fortschreiten.

Stephan Zinner hatte sich aus der Praxis inzwischen zurückgezogen, um sich mehr um seine Gattin kümmern zu können, und sein Schwiegersohn hatte seine Patienten übernommen.

Die Praxis befand sich im 3. Wiener Gemeindebezirk, wo Stephan Zinner seine Tätigkeit als Dentist begonnen hatte. Angeschlossen daran war auch eine kleine Wohnung. Die Villa im 13. Bezirk war viele Jahre später die Belohnung für seine recht einträgliche Arbeit.

Dr. Axel Hafner war nicht nur ein Beau, oder wienerisch gesagt - ein „Schönling", sondern auch eine äußerst charmante Erscheinung.

Dass er die vier Jahre ältere Marianne geheiratet hatte, lag weniger an deren Liebreiz, über den sie zweifellos verfügte, sondern viel mehr an der Mitgift, die damit verbunden war.

Dass sein Chef, der Stephan über einen langen Zeitraum gewesen war, ihm die Praxis irgendwann übergeben würde, war durchaus absehbar.

Der junge Doktor war von Stephan in die Praxis aufgenommen worden, als die MS-Schübe von Helene immer häufiger wurden.

Und Marianne, Stephans Tochter, hatte an dem feschen, jungen Doktor auf Anhieb Gefallen gefunden. Axel erwiderte Mariannes Gefühle und es dauerte auch nicht lange, bis sich die jungen Leute verlobten.

Als dann die Hochzeit anstand, gab dies Helene einen unglaublich gesundheitlichen Aufschwung, allein schon durch die Vorfreude auf ein Enkelkind.

Dass das jedoch nicht in das Lebenskonzept von Dr. Axel Zinner passte, konnte damals niemand ahnen.

Es gab eine Leidenschaft, welche Stephan und sein Schwiegersohn Axel teilten, das Segeln.

Stephan hatte beim Attersee ein kleines Häuschen und ein Boot, mit dem er im Sommer die Wochenenden auf dem Wasser verbrachte.

Seine Gattin Helene empfand es als lästiges Übel, mitsegeln zu müssen, war es doch so überhaupt nicht ihr Ding.

Im Gegensatz dazu Marianne. Von klein auf war sie eine begeisterte Seglerin, und Helene war sehr froh, als Marianne groß genug war, um ihren Platz im Boot zu übernehmen.

Am glücklichsten jedoch waren Vater und Tochter, wenn sie kreuz und quer über den See jagten. Es konnte den beiden gar nicht wild genug sein.

Als dann Dr. Axel Hafner auf der Bildfläche erschien und in die Familie Zinner einheiratete, veränderte sich alles.

Axel übernahm nicht nur die Tochter von Stephan Zinner, sondern auch dessen kleines Häuschen am Attersee, nebst Boot.

Und über allem schien die Sonne der Hoffnung und der Zuversicht. Die Hoffnung, dass Axel ein liebevoller Ehegatte und ein Garant für ein paar Enkelkinder sein würde und die Zuversicht auf einen würdigen Nachfolger für die Praxis.

*****

„Frau Körner hat angerufen, ob Sie heute noch einen Termin für sie hätten", fragte Frau Pfeifer.

Gerda Pfeifer gehörte quasi zum Inventar der Praxis. Sie war von Anbeginn an der Seite von Stephan Zinner und hätte schon längst ihren verdienten Ruhestand antreten können. Aber sie hielt der Praxis auch weiterhin die Treue, als sich Stephan schon zurückgezogen hatte.

„Für Herrn und Frau Körner haben wir immer einen Termin, Frau Pfeifer", antwortete Dr. Hafner, *„das wissen Sie doch."*

Es war ganz sicher nicht die große Liebe, welche den Doktor und Frau Pfeifer verband; es reichte noch nicht einmal für Sympathie.

Dr. Hafner hätte sie schon längst entlassen; aber er wollte seinen Schwiegervater nicht verärgern. Er beließ es dabei, Frau Pfeifer verbal zu traktieren, vielleicht würde sie ja eines Tages von selber das Handtuch werfen.

„Geben Sie Frau Körner den letzten Termin", fügte Dr. Hafner noch schnell hinzu, *„und grüßen Sie Frau Körner!"*

Gerda Pfeifer nickte stumm und verließ den Raum. Sie nahm den Hörer auf und teilte Frau Körner den Termin mit.

Viele Jahre der Tätigkeit als Mitarbeiterin in einer Praxis hatten Gerda Pfeifer eine gewisse Menschenkenntnis vermittelt.

Und diese Menschenkenntnis sagte ihr, dass sowohl der feine Herr Doktor aus Wien, wie auch die feine Gattin des Baulöwen aus Krems nicht die perfekten Ehegatten waren, die sie schienen.

Gerda Pfeifer empfand Abscheu und Verachtung für diese Menschen, die noch nicht einmal den Versuch unternahmen, ihre Zuneigung zu verbergen, welche sie ganz offensichtlich für einander empfanden.

Als Evi Körner am späten Nachmittag in die Praxis kam, begegnete ihr Gerda Pfeifer mit derselben Höflichkeit, wie sie es bei allen Patienten tat. Etwas anderes wäre ihr nie in den Sinn gekommen.

„Guten Tag, Frau Pfeifer; wie geht es Ihnen?"

Evi Körner schob eine gewaltige Wolke billigen Parfums vor sich her. Es hatte etwas Vulgäres an sich und entsprach voll und ganz ihrer Trägerin.

„Vielen Dank, gnädige Frau", antwortete Gerda Pfeifer, *„es geht mir gut. Einen kleinen Mokka, wie immer?"*

„Sie sind ein Schatz, Frau Pfeifer", antwortete Evi Körner gönnerhaft, *„was täte der gute Herr Doktor wohl ohne Sie."*

Gerda Pfeifer quälte sich mühsam ein Lächeln ab. Sie wollte gerade damit beginnen, für die gnädige Frau einen Mokka zu bereiten, als sie diese sagen hörte:

„Heute nicht, meine Liebe; ich habe nur wenig Zeit."

Gerda Pfeifer lächelte erneut, und es war nicht gequält. Es war vielmehr der Ausdruck darüber, dass sie die gnädige Frau gerade bei einer Lüge erwischt hatte.

Denn das mit der „wenigen Zeit" war ganz sicher eine Lüge. Es war vielmehr der Ausdruck dafür, dass die Hormone der Patientin schon in Aufruhr waren.

Die Tür zum Behandlungszimmer ging auf und Mandy Uhlig trat heraus.

„Der Herr Doktor erwartet Sie", sagte Mandy mit einer einladenden Geste zu Evi Körner und wandte sich danach ihrer Kollegin Gerda zu.

„Für uns wars das wieder einmal für heute. Der Chef braucht uns nicht mehr."

„Wieso das?", fragte Gerda, worauf Mandy antwortete:

„Es ist nur ein Besprechungstermin, hat er gesagt."

„Ja, dann...", erwiderte Gerda und verließ wenig später mit ihrer jungen Kollegin die Praxis.

*****

Der regelmäßige Kontakt der Ehepaare Körner und Hafner hatte allmählich dazu geführt, dass man viel Freizeit miteinander verbrachte.

Das ging so weit, dass man, neben gemeinsam verbrachten Saunastunden in der Villa von Gerald Körner und vielen Stunden mit dem Boot auf dem Wasser, auch gemeinsam in Urlaub fuhr.

Hierbei spielte sich Gerald Körner gern als Bonvivant und Gönner auf. Im Gegensatz zu Marianne, die sich dabei nicht wirklich wohl fühlte, hatte Axel nicht das geringste Problem damit.

Über Gerald kam Axel Hafner auch zum Spielen. Während Gerald seine Einsätze stets limitierte, erlag Axel dem unkalkulierbaren Risiko, wodurch er immer tiefer in eine Schuldenfalle geriet.

Seine Ehefrau bekam dies ebenso wenig mit, wie seine Schwiegereltern, und es wäre wohl auch noch eine Zeit lang so geblieben, hätte ihm Gerald nicht irgendwann den Geldhahn zugedreht.

Bisher war es so gewesen, dass Gerald seinem Freund Axel mit kleinen Finanzspritzen jedes Mal wieder vor dem finanziellen AUS bewahrt hatte; aber damit war jetzt Schluss.

Gerald hatte sich verzockt, als ihm ein windiger Anlageberater Papiere mit einer hohen Gewinnerwartung und einem noch viel höheren Risiko aufgeschwatzt hatte.

„Diamands for Africa" hatten zwar anfänglich gefunkelt wie die Sterne am nächtlichen Firmament, waren aber schon bald wieder erloschen.

Das hatte zur Folge, dass „Körner-Bau" seine Zulieferer nicht mehr bedienen konnte, dem Finanzamt größere Summen schuldig blieb und Leute entlassen musste.

„Körner-Bau" meldete Konkurs an und ging in die Insolvenz. Die Villa, der Fuhrpark und die Yacht waren Eigentum von Evi Körner und somit „out of Range", zumal zwischen den Ehegatten Gütertrennung bestand.

Und zum guten Glück gab es da ja noch ein Konto bei einer Schweizer Bank, natürlich ebenso auf den Namen von Evi laufend, um den täglichen Bedarf an Champagner und Kaviar finanzieren zu können.

Man hätte aufgrund dieser Konstellation eigentlich davon ausgehen können, dass sich Gerald Körner mit den Begebenheiten abfinden würde; aber dem war nicht so.

Die Gier ist ja bekanntlich ein Luder, und sie findet bei den Reichen eher ein Opfer, denn bei den Armen.

Gerald Körner entwickelte einen teuflischen Plan: 2.000.000 Euro (i.W.: Zweimillionen Euro) sollten von einer Lebensversicherungspolizze in Bargeld umgewandelt werden.

Die Aussicht auf 200.000 Euro (i.W.: Zweihunderttausend Euro), als 10 Prozent der Versicherungssumme, waren genug Anreiz für Axel, bei dieser schändlichen Tat Hilfestellung zu leisten.

Die beiden Männer hatten beschlossen, ihre Ehefrauen nicht in den Plan einzuweihen.

Der Plan bestand darin, den Tod von Gerald vorzutäuschen, um die Lebensversicherung für Evi zur Auszahlung bringen zu können.

Die Perfidität der Geschichte lag jedoch darin, dass sich die Männer sehr wohl an die Abmachung hielten, indem sie ihrer jeweiligen Gattin nichts sagten; aber Axel mit Geralds Ehefrau Evi konspirierte.

Sie sahen eine große Chance, ihre geheime Liebe schon bald ganz offen ausleben zu können. Aber dazu sollte der vorgetäuschte Tod von Gerald nicht nur Fiktion bleiben.

*****

Fünf Wochen später unternahmen drei Männer einen Segeltörn. Es waren dies der Unternehmer, Gerald Körner, der Zahnarzt, Dr. Axel Hafner und ein Mann, welcher Gerald Körner zum Verwechseln ähnlichsah.

Es handelte sich bei diesem Mann um einen Obdachlosen, welchen Gerald nach langem Suchen gefunden hatte.

Unter dem Vorwand, jemanden zu brauchen, der bei dem Segeltörn etwas zur Hand gehen sollte, hatte man den Obdachlosen dazu überredet, mit an Bord zu gehen. Ein entsprechend großer Geldschein war das ergänzende Argument, der Sache zuzustimmen.

Der Plan sah vor, dass man den Obdachlosen erst betrunken machen wollte, um ihn dann so auf dem Boot zu platzieren, dass man ihm mit einer entsprechenden Wucht den Mastbaum so fest ins Gesicht schlagen konnte, dass dieses bis zur Unkenntlichkeit verunstaltet wäre.

Danach wollte man ihn ins Wasser kippen und Axel sollte sich um Hilfe bemühen. Bis diese einträfe, würde Gerald mit dem mitgeführten Schlauchboot an Land fahren, um sein Versteck aufzusuchen.

Wenn dann genügend Zeit verstrichen wäre und die Auszahlung der Versicherungssumme geklappt hätte, würde man sich irgendwo treffen, um das Geld aufzuteilen.

Erst dann hätte man auch die beiden Ehefrauen eingeweiht. Mit dem vielen Geld und guten Argumenten sollte das kein unüberwindbares Problem darstellen.

Dem Obdachlosen hätte man noch, bevor man ihn ins Wasser gestoßen hätte, Kleidungsstücke von Gerald angezogen, ihm dessen goldene Halskette, die Uhr und den Ehering angelegt und den Mitgliedsauweis der Segelklubs in die Tasche gesteckt.

Gerald hatte schon seit ein paar Jahren eine modische Kurzfrisur, die schon sehr nahe im Bereich einer Kahlköpfigkeit lag.

Man hatte für alles Vorsorgen getroffen. Nach dem Tod des Obdachlosen müsste man diesem nur noch die Haare kurz scheren.

Dann wäre das Double perfekt. Körpergröße und Statur stimmten überein, die Kleidung passte und die Accessoires stimmten auch.

So sah der Plan von Gerald Körner aus. Der Plan von Dr. Axel Hafner hingegen sah ein völlig anderes Prozedere vor:

Bis zu dem Zeitpunkt, da der Obdachlose, bekleidet und geschmückt wie Gerald Körner, das Zeitliche gesegnet hätte und über Bord gegangen wäre, glichen sich Pläne der beiden Mörder in spe wie ein Ei dem anderen.

Aber ab da, sollte die Planänderung von Dr. Axel Hafner in Kraft treten:

Sobald der Obdachlose entsorgt wäre, würde Axel seinem Freund Gerald mit einem Baseballschläger gegen den Kopf schlagen.

Danach würde er mit dem Segelboot einige Meilen weit wegfahren, um dann Gerald in den See zu kippen.

Der Rest wäre dann wieder mit dem ursprünglichen Plan konform…

*****

„Jetzt gibt es erst einmal einen Begrüßungsschluck."

Mit diesen Worten reichte Gerald dem Obdachlosen, der auf den Namen Paul hörte ein Glas mit Whisky.

Dann stießen die drei Segler auf einen gelungenen Törn an.

„Wohin soll die Reise gehen?", fragte Paul, und Gerald antwortete:

„Lass dich überraschen, mein Lieber."

Paul begnügte sich mit der Antwort, fragte aber weiter:

„Und was ist meine Aufgabe dabei?"

„*Das wirst du schon rechtzeitig sehen*", antwortet jetzt Axel und hielt Paul sein Glas entgegen.

„*Prost, mein Lieber. Jetzt genieße erst einmal das schöne Wetter und lass dir den Wind um die Nase wehen.*"

Die drei Männer lachten und ließen sich den Whisky schmecken.

Sie waren schon einige Zeit gesegelt, als Paul plötzlich eine große Müdigkeit verspürte. Das Schlafmittel in seinem Glas begann Wirkung zu zeigen.

„*Komm, setz dich mit mir hierher*", sagte Axel und legte seinen Arm fürsorglich um Paul.

Gerald und Paul hatten genau festgelegt, wohin sie den Obdachlosen platzieren mussten, damit der Schlagbaum ihn auch so treffen würde, wie sie es berechnet hatten.

Kaum, dass Axel mit Paul den Platz eingenommen hatte, hielt Axel den inzwischen sehr benommenen Paul aufrecht und beugte sich seinerseits leicht nach unten.

Gerald löste inzwischen den Mastbaum von seiner Fixierung. Dann holte er aus und trieb ihn mit großer Wucht in Richtung Kopf des Obdachlosen.

Ein hässliches Geräusch zeugte davon, dass das Holz des Mastbaums genau dort getroffen hatte, wo es die beiden Männer haben wollte.

Der Obdachlose kippte über Bord. Gerald schaute noch eine Weile hinterher, um sich zu vergewissern, dass Paul nicht wiederauftauchen würde.

In der Zwischenzeit hatte Axel den Baseballschläger geholt. Er tippte Gerald auf die Schulter, und als dieser sich umdrehte, traf ihn der Schläger gegen die Stirn.

Gerald sank sofort zu Boden. Axel warf den Motor an, und nach einem letzten Kontrollblick aufs Wasser, um nach dem Obdachlosen zu sehen, steuerte er das Boot meilenweit vom Tatort weg.

Bevor er anhielt, entsorgte er noch schnell den Baseballschläger, indem er ihn ins Wasser warf.

Nach einer guten Stunde hielt er an, hievte Gerald über Bord und begann Spuren zu verwischen. Er beseitigte die Blutspuren von dem Obdachlosen auf dem Mastbaum und schmierte stattdessen etwas Blut von Gerald dorthin.

Dann warf er das Whiskyglas von Paul ins Wasser und rief per Funk um Hilfe.

*****

„Pack deine Sachen; wir machen einen Ausflug."

Majorin Maximiliane Krecht sah ihren Kollegen fragend an.

„Und wohin soll die Reise gehen?"

„Wir fahren an den Attersee", antwortete Oberstleutnant Theodor Breitwieser, der jedoch von allen nur „Theo" genannt wurde.

Maximiliane „Maxi" Krecht nannte ihren Kollegen hingegen liebevoll „Teddy", in Anlehnung an Theodor Roosevelt, den früheren amerikanischen Präsidenten.

„Teddy" war jedoch das alleinige Privileg von Maximiliane, und auch nur, wenn sonst niemand anderer in der Nähe war.

„Und sagst du mir bitte auch, was wir am Attersee machen?", fragte Maxi erstaunt, denn das Salzkammergut lag nicht gerade in ihrem Einzugsbereich.

„Einen Unfall aufklären, was sonst", antwortete der Oberstleutnant, *„es könnte aber auch ein Mord sein."*

„Und warum sollen wir das machen und nicht die dortige Polizei?", fragte Maxi weiter, der die Notwendigkeit dieses Ausflugs sich ihr nicht offenbaren wollte.

„Weil wir die Besten sind, liebe Maxi", antwortete Teddy, *„und weil es der Hirsch so will."*

*****

Oberst Georg Hirsch hatte den Oberstleutnant davor zu sich rufen lassen, um ihm die Brisanz des Falles nahezubringen.

„Hör zu, Theo", hatte der Oberst gesagt, *„ich habe Anweisung von ganz oben, dass wir den Fall übernehmen sollen."*

„Ich nehme an, es geht um irgendeinen Großkopferten", hatte der Oberstleutnant daraufhin geantwortet.

Und als der Oberst seinem Kollegen und Freund sagte, dass es sich bei dem Toten um Gerald Körner handle, da sah Theo seine Vermutung bestätigt.

„Der schöne Gerry ist tot?", fragte Theo überrascht.

Er kannte den Baulöwen zwar nicht persönlich, aber in den einschlägigen Printmedien war immer wieder einmal von dem „schönen Gerry" zu lesen.

Als ständiges Mitglied der High Society tauchte er regelmäßig dort auf und vertrieb, in Verbindung mit

einem Kaffee, den Damen beim Friseur die Langewei-
le.

„Er hat gute Verbindungen zum Ministerium", fügte der Oberst noch hinzu, *„also Fingerspitzengefühl
ist angesagt, mein Lieber."*

„Das mache ich doch immer, Georg", erwiderte
Theo und verließ lächelnd das Büro seines Vorgesetzten.

*****

*„Das Salzkammergut ist ein besonders schönes
Stück Heimat"*, sagte Maxi Krecht, als sie sich allmählich dem Attersee näherten.

„Ja, schon", war der kurze, zustimmende Kom-
mentar ihres Kollegen, der sich gerade über einen
etwas langsamer fahrenden Verkehrsteilnehmer aufzu-
regen schien.

„Was bist du denn so grantig, Teddy?", fragte Maxi, worauf dieser antwortete:

*„Es geht mir tierisch auf den Geist, dass wir sprin-
gen müssen, wenn irgend so ein Heini aus dem Ministerium mit den Fingern schnippt."*

„Ist doch wurscht, Teddy", versuchte Maxi ihren
Kollegen zu beschwichtigen. *„Wir machen uns ein*

paar nette Stunden am See, klären den Fall, und fahren dann wieder nach Hause. "

„*Das glaubst aber bloß du*", erwiderte Theo, der sich kurz Maxi zugewandt hatte, um dann wieder sein ganzes Augenmerk auf den vor ihm fahrenden Verkehrsteilnehmer zu richten.

„*Fahr, du Trottel!* "

Als diese deftige Aufforderung nicht den gewünschten Erfolg zeigte, setzte der Oberstleutnant das Blaulicht auf das Wagendach und aktivierte das Folgetonhorn.

Der Vordermann reagierte umgehend und lenkte sein Fahrzeug an den äußersten Fahrbahnrand.

„*War das jetzt wirklich notwendig?* ", fragte Maxi in vorwurfsvollem Ton, was ein gereiztes JA, seitens ihres Kollegen nach sich zog.

„*Magst dich nicht wieder beruhigen?* ", fragte Maxi vorsichtig, bekam aber keine Antwort.

Wenig später trafen sie in Unterach ein, dem Sitz der Polizeiinspektion.

*****

Kontrollinspektor Manfred Weidhammer hieß seine Kollegen vom LKA willkommen.

„Wieso schickt uns das LKA bei einem Bootsunfall Beamte?", fragte der ältere Beamte, *„glauben die, wir sind auf der Nudelsupp'n daherg'schwommen?"*

Der Tonfall war keineswegs aggressiv, eher jovial.

„Sicher nicht, Kollege", antwortete Theo lächelnd, *„aber du weißt ja, wie das funktioniert. Im Ministerium pfeift einer, und wir springen."*

„Wir werden euch aber trotzdem unterstützen, wo wir können, Oberstleutnant", sagte der Kontrollinspektor. *„Ich stelle euch den Inspektor Hübner an die Seite, der kennt sich hier bestens aus."*

„Vielen Dank, Kollege", erwiderte Theo, streckte dem Kontrollinspektor die Hand entgegen und fügte hinzu:

„Ich bin der Theo und das ist die Maxi; wenn 's recht ist."

„Aber sicher doch", erwiderte der Postenkommandant, *„und ich bin der Freddy. Dann ruf ich jetzt einmal den Kollegen Hübner herein. Der kann euch auch gleich zeigen, wo ihr unterkommen könnt."*

„Noch eine Frage vorab, Kollege", sagte Theo, *„habt ihr den Dr. Hafner schon einvernommen?"*

„Das ging nicht", antwortete der Postenkommandant, *„gleich nach dem Anlegen hat sich der Herr*

verabschiedet. Er musste dringend nach Wien. Ihr müsst ihn halt dort befragen."

„Geht klar, Freddy", erwiderte Theo mit einem vielsagenden Blick in Richtung Maxi.

*****

„Das Gasthaus Traube ist eine sehr saubere Unterkunft und die Besitzer sind sehr liebe Leute, Herr Oberstleutnant. Und die Küche ist auch sehr gut, sagen die Leute."

Der Kontrollinspektor hatte diese Worte mit sehr viel Ehrfurcht vor seinen Kollegen vom LKA gesagt.

„Den Oberstleutnant vergisst schnell wieder", sagte Theo, *„wir sind alle Kollegen und wir duzen uns. Ich bin der Theo und das ist die Maxi. Jetzt sagst uns nur noch, wie du heißt."*

„Ich heiße Hans-Dieter Hübner, Herr Oberstleutnant", antwortete der Inspektor, sichtlich verwirrt, um sich nach einem *„na, na, na"* von Theo zu korrigieren:

„Ich mein natürlich <Theo>."

„*So ist `s brav, Hansi*", sagte Theo, „*dann bringst uns jetzt in unsere Unterkunft, und nachher sehen wir weiter.*"

Als der Inspektor mit seinen honorigen Kollegen zum Gasthaus „Traube" fuhr, musste er lächeln. „Hansi" nannte ihn sonst nur seine Mutter; aber, dass der Oberstleutnant ihn auch so nannte, das gefiel ihm schon sehr.

*****

Oberstleutnant Breitwieser und Majorin Krecht waren nicht schlecht erstaunt, als sie auf den Gerichtsmediziner trafen.

Ein junger Mann, sehr gepflegtes Aussehen und gute Manieren.

„*Sie sind die Herrschaften aus Wien; bitte, treten Sie näher!*"

Theo und Maxi sahen einander verwundert an.

„*Und wer sind Sie?*", fragte der Oberstleutnant.

„*Bitte, verzeihen Sie meine Unhöflichkeit*", beantwortete der junge Mann die Frage, „*mein Name ist Dr. Fabian Zobel. Ich bin der Gerichtsmediziner.*"

„So, so", sagte Theo, „*dann erzählen Sie uns doch einmal, was Sie für uns haben.*"

Der Gerichtsmediziner hielt dem Oberstleutnant seinen Bericht entgegen und sagte:

„*Nun, der Tote heißt Gerald Körner und ist 62 Jahre alt.*"

„*Das wissen wir schon, Herr Doktor*", unterbrach Theo den Gerichtsmediziner, „*erzählen Sie uns, was wir noch nicht wissen.*"

Dr. Körner räusperte sich und fuhr fort:

„*Der Tod trat durch Ertrinken ein. Vorausgegangen ist ein heftiger Schlag gegen den Kopf des Opfers, ausgelöst durch den Mastbaum eines Segelbootes.*"

„*Hat Ihnen das jemand erzählt oder waren Sie selber dabei?*"

Der Gerichtsmediziner wurde zusehends unsicherer. Seine veränderte Gesichtsfarbe unterstrich dies deutlich.

„*Unfall oder Mord? Was glauben Sie, Herr Doktor?*"

Jetzt schwammen dem jungen Doktor die Felle davon. Eine solche Frage hatte ihm zuvor noch niemand gestellt.

„*Ich denke, es war ein Unfall*", antwortete der Gerichtsmediziner, und in seinen Worten schwang eine ordentliche Portion Zweifel mit.

„*Wie lange machen Sie das schon?*", fragte jetzt Maxi Krecht, welcher der junge Doktor gerade begann, ein wenig leidzutun.

Theo und sie arbeiteten nun schon sehr viele Jahre zusammen, und Maxi hatte sich an die manchmal ruppige Art ihres Kollegen längst gewöhnt.

Aber für den jungen Mediziner war das gerade eine sehr schwere Prüfung.

Es lag keine böse Absicht in den Worten des Oberstleutnants. Er war eben ein stringenter Analytiker und seine Aufklärungsquote sprach klar für sich.

Aber nicht jeder konnte diese schwere Kost vertragen.

„*Das ist mein erster großer Fall*", antwortete der junge Arzt, und seine Worte klangen beinahe wie eine Entschuldigung.

Der Oberstleutnant hatte inzwischen den pathologischen Bericht gelesen und sah sich nun die Leiche genauer an.

„*Haben Sie keine Holzfasern in der Wunde am Kopf des Toten gefunden?*", fragte Theo unvermittelt.

„Nein", antwortete der junge Doktor kleinlaut und schon beinahe starr vor Angst und fragte dann vorsichtig:

„Wieso, Herr Oberstleutnant?"

Theo sah den jungen Doktor prüfend an, bevor er ihn fragte:

„Gehe ich recht in der Annahme, dass Sie noch nie auf einem Segelboot waren?"

„Das stimmt, Herr Oberstleutnant", antwortete der Gerichtsmediziner, „woher wissen Sie das?"

„Weil Sie sonst wüssten, dass sich ein Mastbaum aus Holz mit der Zeit abscheuert und ganz bestimmt Spuren hinterlassen würde, wenn er gegen den Kopf eines Menschen donnert."

Der Gerichtsmediziner, Dr. Fabian Zobel, schnappte nach Luft.

„Das bedeutet ja", begann er japsend...

„Dass der Mastbaum nicht die Todesursache unserer Leiche sein kann", ergänzte der Oberstleutnant.

Kurz darauf wählte Oberstleutnant die Telefonnummer von Frau Dr. Elfriede Happel, Gerichtsmedizinerin beim LKA Wien.

„*Ich brauche dich hier, Elfi*", sagte Theo, „*der junge Kollege vor Ort hat gerade einen Mord übersehen.*"

„*Das geht nicht, Theo*", antwortete Dr. Elfriede Happel, „*und das weißt du auch.*"

„*Und ob das geht*", erwiderte Theo, „*der Hirsch setzt dich persönlich ins Auto, wenn du ihm die Fakten schilderst.*"

Es dauerte keine halbe Stunde und Dr. Elfriede Happel machte sich auf den Weg zum Attersee.

*****

Es war ein groteskes Bild und durchaus vergleichbar mit der Situation, wenn ein Kaninchen vor einer Schlange sitzt.

Der Gerichtsmedizin-Yuppie, Dr. Fabian Zobel und Frau Dr. Elfriede Happel, gestandenes Urgestein der Gerichtsmedizin.

„*Entweder Sie können kein Blut sehen oder Sie schneiden nicht gern Leichen auf, Herr Kollege.*"

Das waren die Begrüßungsworte, welche Elfi Happel an den jungen Kollegen richtete.

Dr. Fabian Zobel wollte gerade einen Erklärungsversuch starten, als er von Elfi rüde unterbrochen wurde.

„Sagen Sie nichts, junger Mann; denn sonst reiten Sie sich nur noch tiefer rein."

Jetzt sah sich der Oberstleutnant veranlasst, sich als Schutzschild vor den armen, von der wilden Elfi fast zu Tode getrampelten, jungen Mann zu stellen.

„Lass es genug sein, Elfi", sagte er in leisem, aber sehr bestimmten Ton, *„und sage mir lieber, was Du siehst."*

Elif sah erst zu Theo, dann wieder zu dem jungen Doktor und wandte sich dann der Leiche zu.

Sie betrachtete die Stirn des Toten eingehend und fragte dann ihren jungen Kollegen:

„Haben Sie wenigstens Röntgenbilder des Schädels?"

„Ja, hier", antwortete Dr. Fabian Zobel und zeigte auf den Röntgenbildbetrachter an der Wand, an welchem ein Bild vom Schädel des Toten war.

Elfi ging zu dem Gerät und murmelte:

„Das ist ja Steinzeit."

Dann betrachtete sie die Aufnahme.

„Kommen Sie einmal her, Kollege, und sagen Sie mir, was Sie da sehen."

Der junge Doktor näherte sich zögerlich und starrte auf die Aufnahme, in dem Bemühen, eine Antwort zu finden.

„Nun?", kam die aufmunternde Bemerkung von Elfriede, *„was sehen Sie?"*

Ein Schulterzucken seitens des jungen Kollegen war die einzige Antwort, welche ihm gerade einfiel.

„Dann werde ich Sie jetzt erhellen, Herr Doktor."

Der Oberstleutnant schickte einen zürnenden Blick in Richtung Dr. Elfriede Happel, der jedoch wirkungslos an ihr abzuprallen schien.

„Wenn der Mastbaum für die Vermatschung der Stirn des Opfers verantwortlich wäre, dann würde die Zertrümmerung der Schädelknochen gleichmäßig verlaufen.

Aber was sehen wir hier? Wir sehen, dass dies nicht der Fall ist. Und was sagt uns das?"

Dr. Elfriede Happel richtete ihren Blick fragend gegen ihren jungen Kollegen und verharrt so lange dort, bis dieser kleinlaut sagte:

„Dass der Mastbaum nicht die Tatwaffe sein kann..."

„Bravo, Herr Kollege. Aus Ihnen wird einmal ein ganz Großer."

„Bist du dir sicher, Elfriede?", fragte der Oberstleutnant, worauf Elfriede antwortete:

„Ist der Papst katholisch? Ja, Theo, ich bin mir absolut sicher."

„Aber was könnte es dann gewesen sein?", setzte der Oberstleutnant nach.

„Das weiß ich nicht, Theo. Das müsst schon ihr herausfinden. Vielleicht irgendetwas Gebogenes."

*****

Oberstleutnant Breitwieser und seine Kollegin, Majorin Krecht waren wieder nach Wien zurückgekehrt. Auf ihre Veranlassung hin wurde der Tote in die Gerichtsmedizin des LKA überstellt.

„Habt ihr den Fall aufklären können?", fragte Oberst Hirsch, als Theo und Maxi in seinem Büro erschienen. *„War es ein Unfall oder doch Mord?"*

„Es war eindeutig Mord, Schorschi", antwortete der Oberstleutnant. Der Oberst legte seine Stirn in Falten. Er hatte es inzwischen aufgegeben, seinem

Kollegen zu bitten, er möge ihn nicht „Schorschi" nennen, wenn andere Personen anwesend wären.

So sehr er auch Majorin Krecht schätzte, war er doch nicht so intim mit ihr, wie mit seinem Spezi, dem Oberstleutnant.

„Wieso ist das Ministerium so sehr an diesem Fall interessiert?", fragte der Oberstleutnant.

„Weil die Gattin des Baulöwen dort jemanden sehr gut kennt", antwortete der Oberst.

„Du meinst die Witwe", korrigierte Theo den Oberst, und fragte dann weiter:

„Was hat die Dame eigentlich vor ihrer Eheschließung mit dem schönen Gerry gemacht?"

Der Oberst schaute Theo an, antwortete aber nicht.

„Geh, Schorschi", sagte Theo, *„du weißt doch irgendwas, oder?"*

Der Oberst drückte sich noch immer vor einer Antwort.

„Ich krieg`s doch eh heraus", sagte Theo mit einem breiten Grinsen.

„Sie war Begleitdame in höheren Kreisen."

Der Oberst hatte es beinahe geflüstert.

„*Eine Escort-Lady, eine Edelnutte*", erwiderte Theo lachend, „*das habe ich mir beinahe schon gedacht.*"

„*Bist du verrückt*", sagte der Oberst, „*wenn uns jemand hört. Denk an das Ministerium.*"

„*Ach, Schorschi*", sagte Theo, „*du warst schon auf der Akademie ein großer Schisser. Glaubst du wirklich, es interessiert mich, in welcher Beziehung so ein Sesselfurzer im Ministerium zu dieser Dame steht?*"

Mit diesen Worten ließ der Oberstleutnant Theo Breitwieser seinen völlig derangierten Vorgesetzten in dessen Büro zurück und wendete sich seiner Kollegin zu.

„*Dann werden wir dieser Dame jetzt einen Kondolenzbesuch abstatten. Was hältst du davon, Maxi?*"

„*Eine formidable Idee, Teddy*", antwortete die Majorin und fügte hinzu:

„*Irgendwann wird der Hirsch einmal zurückschlagen, wenn du weiterhin so respektlos ihm gegenüber bist.*"

„*Never, ever*", antwortete der Oberstleutnant, „*dazu fehlt ihm der Mumm.*"

*****

„Darf ich Ihnen etwas zu trinken anbieten?"

Die Dame des Hauses hatte ihre Besucher in ihrem Domizil, hoch über der Stadt gelegen, empfangen.

„Danke, nein, gnädige Frau", antwortete der Oberstleutnant, *„wir sind im Dienst."*

„Ich hatte dabei nicht an Alkohol gedacht, Herr..."

„Breitwieser, mein Name", ergänzte Theo den begonnenen Satz der schönen Witwe. Er musste zugeben, dass ihre Erscheinung durchaus Begehren in einem Mann auszulösen vermochte.

Die tadellose Figur von Evi Körner war auch unter ihrem schwarzen Trauergewand deutlich zu erkennen.

„Trotzdem danke!", sagte Theo und setzte sich nieder, nachdem die Dame des Hauses ihren Besuchern einen Platz angeboten hatte.

„Was führt Sie zu mir, Herr ..."

„Breitwieser", spielte Theo abermals das Spiel der Witwe mit, denn, dass es sich um ein solches handelte, war offenkundig.

Maxi fragte sich gerade, was diese Frau wohl damit bezwecken wollte.

„*Das ist mir jetzt aber sehr peinlich, Herr Breit-wieser*", säuselte Evi Körner, „*bitte, verzeihen Sie mir mein schlechtes Namensgedächtnis.*"

„*Ich bitte Sie, gnädige Frau, das macht doch nichts*", antwortete Theo, „*wenn es Ihnen hilft, dann können Sie mich gern <Theo> nennen.*"

Maxi riss die Augen weit auf. Sie versuchte krampfhaft zu verstehen, was ihr Kollege gerade machte.

„*Das geht doch nicht*", spielte Evi Körner das Spiel weiter, „*das wäre zu respektlos. Ich nenne Sie einfach <Herr Kommissar>, wenn Sie erlauben.*"

„*Eine sehr gute Idee, gnädige Frau*", erwiderte der Oberstleutnant, und Evi Körner fügte noch schnell hinzu:

„*Dann müssen Sie mich aber <Evi> nennen.*"

Der Oberstleutnant ignorierte die letzten Worte und widmete sich dann dem eigentlichen Grund des Besu-ches.

„*Lassen Sie mich zunächst unser Mitgefühl für den Tod Ihres Gatten zum Ausdruck bringen.*"

Und bevor Evi Körner darauf reagieren konnte, mischte sich nun Majorin Maxi Krecht ein, die bis zu diesem Zeitpunkt gar nicht stattgefunden hatte:

„Ihr Gatte wurde Opfer eines Kapitalverbrechens."

Damit fand das Katz- und Mausspiel zwischen einer nur scheinbar trauernden Witwe und einem Kriminalbeamten ein jähes Ende; denn von Trauer war bei dieser Dame nicht gerade viel zu sehen.

Der Oberstleutnant sah zu seiner Kollegin, die ihm gerade in die Parade gefahren war, und nickte ihr lächelnd zu.

„Das sind die Fakten, gnädige Frau", sagte der Oberstleutnant, *„und jetzt lassen Sie uns ein vernünftiges Gespräch führen."*

Evi Körner hatte erkannt, dass ihre Taktik nicht aufzugehen schien, und beschloss auf Angriff überzugehen. Sie griff zu ihrem Taschentuch, um die imaginären Tränen fortzuwischen.

„Ich habe so etwas fast schon geahnt..."

Diese Worte überraschten sowohl den Oberstleutnant als auch seine Kollegin.

„Wie meinen Sie das?", fragte der Oberstleutnant, und Evi Körner antwortete:

„Mein Mann war ein viel zu guter Segler, als dass ihm so ein dummer Unfall hätte passieren können."

Theo und Maxi sahen einander erstaunt an.

„*Wissen Sie, was Sie damit sagen?*", fragte Maxi.

Evi Körner nickte stumm.

„*Sie beschuldigen damit Dr. Axel Hafner des Mordes an Ihrem Gatten, Gerald Körner*", gab Maxi jetzt selbst die Antwort auf ihre Frage, und Evi Körner nickte ein weiteres Mal.

„*Was hältst du von der trauernden Witwe, die in Wirklichkeit vielleicht gar keine ist?*", fragte Maxi ihren Kollegen, als sie auf dem Weg zurück in die Dienststelle waren.

„*Du glaubst also auch, dass mit der Dame etwas nicht stimmt*", antwortete Theo.

„*Bei der stimmt überhaupt nichts. Es würde mich nicht wundern, wenn sie mit dem Mord etwas zu tun hätte*", sagte Maxi weiter.

Theo sah Maxi erstaunt an.

„*Ich weiß nicht*", sagte Theo zögerlich, „*nur weil sie früher eine Escort-Lady war, muss sie nicht gleich eine Mörderin sein.*"

„*Das habe ich ja auch nicht gesagt*", erwiderte Maxi, „*aber nach einer trauernden Witwe sah die Frau nun wirklich nicht aus.*"

„*Was wissen wir eigentlich über sie?*", fragte Theo und Maxi antwortete:

„Nur das, was der Hirsch angedeutet hat. Dass sie vor ihrer Heirat mit dem schönen Gerry gut situierten Männern das Leben versüßt hat. "

„Das ist mir zu wenig", antwortete Theo, *„der Guggi soll sich darum kümmern. Und sorge auch dafür, dass der Herr Doktor zur Befragung abgeholt wird. "*

*****

Franz „Guggi" Gugginger war noch immer Inspektor, obwohl er altersmäßig schon wesentlich höher auf der Karriereleiter der Polizei geklettert hätte sein müssen.

Sein penetrantes Ablehnen, weiterführende Lehrgänge zu besuchen, hatte ihn bisher vor allfälligen Beförderungen bewahrt.

Daraufhin angesprochen, begründete er sein Verhalten damit, dass er nicht mehr Verantwortung zu übernehmen bereit sei, und ihm sein beruflicher Status quo durchaus genüge.

„Was hast du herausgefunden, Guggi? ", fragte Theo am nächsten Morgen, worauf der Inspektor antwortete:

„Nichts von Belang, Chef. "

Theo hasste diese Bezeichnung schon allein darum, weil Guggi der Ältere von ihnen beiden war. Es war Theo all die Jahre über nicht gelungen, Guggi davon abzubringen.

„Nichts, ist mir zu wenig, Guggi", erwiderte Theo.

„Außer den Daten ihrer Eheschließung mit Gerald Körner, und dass die Ehe kinderlos ist, gibt es nichts", sagte Guggi lapidar.

„Und die Zeit davor?", fragte Theo ungläubig.

„Wie ich schon sagte – nichts", antwortete Guggi.

„So ist das, wenn man gute Beziehungen bis ganz oben hat", mischte sich nun Maxi in das Gespräch mit ein.

„Dann wenden wir uns eben dem lieben Herrn Doktor zu", sagte Theo resignierend.

„Das kannst du knicken", sagte Maxi.

„Was soll das heißen?", fragte Theo.

Seine Stimme hatte augenblicklich an Schärfe zugelegt.

„Der Vogel ist ausgeflogen", antwortete Maxi.

„Waaas? Das gibt es doch nicht."

Der Oberstleutnant fühlte eine ohnmächtige Wut in sich aufsteigen.

„Sind denn heute alle gegen mich?", polterte er lautstark, *„sofort Fahndung einleiten!"*

„Ist schon längst geschehen, Teddy", sagte Maxi mit ruhiger Stimme. *„Und jetzt komm einmal wieder runter. Wir werden den Kerl schon kriegen."*

Es war das erste Mal, dass sie ihren Kollegen, im Beisein eines Dritten, „Teddy" genannt hatte.

„Damit gibt er zu, dass er der Mörder ist."

Theo schaute Maxi erwartungsvoll dabei an, als er das sagte.

„Wahrscheinlich hast du damit recht", erwiderte Maxi, *„aber wir müssen es ihm erst einmal beweisen."*

„Das werden wir, Maxi", sagte Theo.

„Aber dazu müssen wir den Kerl erst einmal kriegen, Chef", fügte Guggi hinzu.

Der zürnende Blick von Theo ließ deutlich erkennen, dass die Bemerkung von Inspektor Gugginger nicht gerade zur Stimmungsaufhellung beitrug.

*****

Die Fahndung nach Dr. Axel Hafner war bisher erfolglos verlaufen.

Nach einer Woche rief die Gerichtsmedizinerin den Oberstleutnant und die Majorin zu sich.

„Ich habe eine Überraschung für euch."

Mit diesen Worten begrüßte Dr. Elfriede Happel die beiden Kriminalisten.

„Und was soll das sein?", fragte der Oberstleutnant.

„Das hier", sagte die Gerichtsmedizinerin, und hielt den beiden einen Baseballschläger entgegen.

„Was ist damit?", fragte Theo, worauf ihn Elfriede ungläubig ansah.

„Willst du mich verarschen, Theo?"

Nun war es an dem Oberstleutnant, mit einem ungläubigen Blick zu reagieren.

„Das ist die Mordwaffe", sagte Elfriede mit lauter Stimme.

Erstaunen ergriff die beiden Kriminalisten, was Elfriede veranlasste, in süffisantem Ton zu sagen:

„Und ihr seid wirklich bei der Polizei?"

Theo nahm den Baseballschläger in die Hand und betrachtete ihn von allen Seiten.

„Sind das Blutspuren?", fragte er, und Elfriede antwortete:

„Das Blut am Schläger stammt zweifelsfrei vom Opfer."

„Was ist mit Fingerabdrücken?", fragte Maxi.

„Leider kein Ergebnis. Durch das lange Liegen im Wasser ist ein Nachweis nicht mehr möglich."

„Aber das Blut schon?", fragte Maxi skeptisch.

„Ja, das ist möglich. Durch die Wucht des Aufschlags hat sich das Blut in die Oberfläche des Schlägers hineingeprägt."

„Das sind endlich einmal gute Neuigkeiten, Elfi", sagte Theo, und die Freude, welche er dabei empfand, war deutlich spürbar.

„Ich habe noch mehr gute Nachrichten für euch", sagte die Gerichtsmedizinerin.

Sie ließ die Worte auf die beiden Kriminalisten erst einmal einwirken, bevor sie fortfuhr.

„Die Kollegen vom Attersee haben mir ein Geschenk zukommen lassen."

„*Spann uns nicht so sehr auf die Folter, Elfi*", sagte Theo, worauf die Gerichtsmedizinerin zu einem der Seziertische hinging.

Sie hob ganz langsam, beinahe schon als genüsslich zu bezeichnend, das Abdecktuch in die Höhe und sah dann in die erstaunten Gesichter von Theo und Maxi.

„*Tatarata!*"

Mit diesem Wort begleitete Elfriede die Präsentation ihrer großen Überraschung.

Theo und Maxi sahen eine Leiche ohne Gesicht, zumindest was die obere Hälfte angeht.

„*Und wer soll das sein?*", fragte Theo.

„*Dem Ausweis des Segelklubs zufolge, ist das Herr Gerald Körner*", antwortete die Gerichtsmedizinerin, begleitet von einem breiten Grinsen.

„*Ich werde verrückt…*"

Maxi hatte als Erste darauf reagiert.

Es folgte Ratlosigkeit; sowohl bei ihr als auch bei Theo.

„*Aber wieso jetzt zwei Leichen?*", fragte Maxi, „*das macht doch überhaupt keinen Sinn…*"

„*Ich denke, doch*", antwortete die Gerichtsmedizinerin, „*ihr müsst ihn nur noch herausfinden. Und ich beneide euch nicht darum.*"

„*Danke, Elfi*", sagte der Oberstleutnant, „*und schicke uns bitte schnell deinen Bericht.*"

*****

Bevor Theo und Maxi zum Anwesen von Stephan Zinner fuhren, bat Theo den Kollegen Gugginger darum, er möge den finanziellen Hintergrund von den Ehepaaren Körner und Hafner gründlich durchleuchten.

„*Was denkst du?*", fragte Maxi den Oberstleutnant, „*ist die Ehefrau von unserem Doktor Hafner in die Sache involviert?*"

„*Ich glaube nicht*", antwortete Theo, „*aber das werden wir vielleicht gleich herausfinden.*"

Sie waren inzwischen bei der Villa angekommen.

„*Und ich dachte immer, Zahnärzte leben von der Hand in den Mund*", scherzte Maxi in Anspielung auf das prächtige Gebäude.

Diese scherzhafte Redewendung kam zwar bei Theo an, berührte ihn aber nicht.

Kurz darauf saßen sie Marianne Hafner gegenüber. Sie wirkte sehr gefasst, was ihre Besucher ein wenig erstaunte.

Die Fahndung nach ihrem Ehemann war seit einigen Tagen medienwirksam an die Öffentlichkeit gegangen, und ganz sicher nicht spurlos an ihr vorübergegangen.

„Sie wissen, warum wir sie aufsuchen?", begann der Oberstleutnant das Gespräch.

„Ich kann es mir denken", antwortete Marianne Hafner mit ruhiger Stimme, *„aber ich wüsste nicht, wie ich Ihnen weiterhelfen könnte."*

„Ganz einfach, Frau Hafner", sagte Theo, *„indem Sie uns verraten, wo sich Ihr Ehemann aufhält."*

„Das kann ich nicht", erwiderte Marianne Hafner, *„weil ich es nicht weiß."*

Der Oberstleutnant sah Marianne prüfend in ihr Gesicht, und er konnte dort weder Angst noch Lüge erkennen.

„Wann hatten Sie das letzte Mal Kontakt zu Ihrem Ehemann?", fragte Theo weiter, und ohne lange nachzudenken, antwortete die Befragte:

„Das war, bevor er zu dem Segeltörn mit Gerald aufgebrochen ist."

„*Und danach nicht mehr?*", vergewisserte sich Theo.

„*Nein*", antwortete Marianne Hafner, „*danach nicht mehr.*"

„*Ist Ihnen bewusst, warum wir nach Ihrem Ehemann fahnden?*", fragte nun Maxi.

„*Wegen des Unfalls*", antwortete Marianne Hafner.

Diese Antwort überraschte die beiden Kriminalisten.

In allen Medien war zu lesen, dass Dr. Axel Hafner gesucht wird, wegen des Verdachts, ein Kapitalverbrechen begangen zu haben. Und von Unfall war da nicht die Rede.

„*Wieso sagen Sie das?*", fragte Theo, „*Ihr Ehemann wird wegen Mordes gesucht und nicht, weil er einen Unfall hatte.*"

Maxi war überrascht, dass Theo gezielt von Mord gesprochen hatte und nicht vom Verdacht eines solchen.

„*Weil mein Ehemann kein Mörder ist*", kam postwendend die Antwort von Marianne Hafner in einem fast trotzig anmutenden Tonfall.

„*Die Fakten sprechen aber eine andere Sprache*", erwiderte Theo, „*und ein Unfall war das ganz sicher nicht.*"

„*Haben Sie Beweise für Ihre Behauptung?*", fragte Marianne Hafner, die nun in eine Angriffshaltung übergegangen war.

Maxi fand fast ein wenig Bewunderung für diese, eher unscheinbare Frau. Sie verteidigte ihren Ehemann, von dessen Unschuld sie tatsächlich überzeugt zu sein schien.

„*Wir haben zweifelsfreie Beweise dafür, dass Gerald Körner ermordet wurde*", antwortete Theo, und auch seine Stimme nahm an Bestimmtheit zu.

„*Aber nicht, dass mein Ehemann der Mörder ist*", erwiderte Marianne Hafner trotzig.

Damit hatten die beiden Verbalkontrahenten eine Pattstellung erreicht.

„*Ist Ihr Vater im Haus?*", fragte der Oberstleutnant, um das unangenehme Gespräch abrupt zu beenden.

Marianne Hafner atmete ein paar Mal tief durch, bevor sie mit ihrem Smartphone eine Kurzwahltaste drückte.

„Hallo, Papa! Hier sind zwei Kriminalbeamte, die dich sprechen wollen. Kann ich sie zu dir runterschicken?"

Marianne hörte kurz zu und nickte dann. Sie beendete das Gespräch und sagte:

„Mein Vater erwartet Sie. Bitte, seien Sie behutsam; meinem Vater geht es nicht sehr gut, und er verlässt kaum noch seine Wohnung."

Danach begleitete sie die beiden Besucher zur Tür.

*****

„Vielen Dank, dass Sie Zeit für uns haben", sagte Majorin Maxi Krecht und streckte dem älteren Herrn die Hand entgegen.

Der Oberstleutnant hatte sie darum gebeten, das Gespräch zu führen, als sie auf dem Weg vom Obergeschoss des Hauses nach unten waren.

„Kommen Sie bitte herein und setzen Sie sich!"

Mit dieser Aufforderung führte Stephan Zinner die beiden Kriminalisten in das Wohnzimmer. Er bot ihnen Platz und etwas zu trinken an. Letzteres lehnten die beiden Besucher dankend ab.

„Wir möchten Sie gern zu Ihrem Schwiegersohn befragen; wenn es Ihnen recht ist. "

Maxi hatte beschlossen, die Angelegenheit langsam anzugehen.

„Was möchten Sie denn wissen, meine Dame? ", fragte Stephan Zinner.

Allein schon diese Formulierung bezeugte Maxi, dass der Mann, der ihr gegenübersaß, einer anderen Zeit angehörte, und mit der Welt da draußen nicht mehr viel zu tun hat.

„Was für ein Mensch ist Herr Dr. Hafner? ", startete Maxi ihren ersten Versuch.

Stephan Zinner lächelte. Es war das Lächeln eines Menschen, der in sich ruhte, und der, außer seinem Tod, nichts mehr vom Leben erwartete.

„Nun", begann er zögerlich, *„Dr. Hafner ist ein tüchtiger Kollege, dem ich vor einiger Zeit meine Praxis übergeben habe, und der sie, so glaube ich, zur Zufriedenheit seiner Patienten führt. "*

Maxi hatte bemerkt, dass sich Theo in die Befragung einschalten wollte, bedeutete ihm aber dezent, er möge es unterlassen.

Die abstrakte Bezeichnung „Dr. Hafner" für seinen Schwiegersohn offenbarte ihr, dass es keine nähere Beziehung zwischen den beiden Männern gab.

„Können Sie sich vorstellen, dass Ihr Schwieger-sohn ein Verbrechen begangen haben könnte?"

„Sind wir nicht alle dazu fähig, meine Dame?", kam die salomonische Antwort, „der eine mehr, der andere weniger…"

Jetzt lächelte auch Maxi. Sie stand auf und reichte dem Mann die Hand.

„Vielen Dank für Ihre Zeit, Herr Zinner. Es war nett, mit Ihnen zu plaudern. Wir wünschen Ihnen alles Gute und bleiben Sie gesund!"

„Das wünsche ich Ihnen auch, liebe Dame", erwi-derte Stephan Zinner.

Dann wandte er sich Theo zu und sagte:

„Ihnen wünsche ich das natürlich auch, mein Herr. Und vielen Dank für Ihren Besuch!"

Als Theo und Maxi wieder im Auto saßen, sagte Theo:

„Kannst du mir bitte sagen, was das gerade eben war?"

„Das war die Begegnung mit einem äußerst lie-benswerten älteren Herrn. Aber das verstehst du nicht. Und jetzt fahr los!"

*****

Die Fahndung nach Dr. Axel Hafner lief auf Hochtouren; hatte aber bisher noch zu keinem Ergebnis geführt. Der Mordverdächtige war spurlos verschwunden.

Und der Bericht der Gerichtsmedizinerin hatte ebenfalls keine wesentlichen Erkenntnisse gebracht.

Ganz anders hingegen die Recherchen, welche Inspektor Franz Gugginger durchgeführt hatte.

„Es ist eben oft nicht alles so, wie es scheint oder scheinen soll."

Mit dieser tiefschürfenden Erkenntnis begann Guggi mit seinem Bericht.

„Dass der saubere Herr Körner seine Firma in den Sand gesetzt hat, ist ja allseits bekannt.

Und dass seine liebreizende Gattin die Herrscherin über das Privatvermögen ist, weiß man auch.

Aber dass das Finanzamt die Dame am Haken hat, das dürfte neu sein."

Ein Pfiff seitens des Oberstleutnants brachte das allgemeine Erstaunen der Anwesenden zum Ausdruck.

Außer ihm, Majorin Krecht und Frau Dr. Happel war auch noch der Oberst anwesend. Theo hatte sie alle zu einem Brainstorming eingeladen.

„*Das ist ja sehr interessant*", sagte Theo, und zu Oberst Hirsch gewandt:

„*Jetzt werden wir der Dame einmal die Daumen-schrauben anlegen.*"

Wie bei dieser Sachlage nicht anders zu erwarten, blieb ein potentieller Einwand von Oberst Hirsch dieses Mal aus. Jetzt konnte selbst die ungenannte Person aus dem Ministerium nicht mehr seine Hand über die Gattin des Baulöwen halten.

„*Lös den Fall!*", sagte Oberst Hirsch zum Oberst-leutnant, „*du hast meine volle Rückendeckung.*"

Danach verließ er den Raum. Die Zufriedenheit über diese Worte seines Vorgesetzten stand dem Oberstleutnant klar erkennbar ins Gesicht geschrieben.

„*Ihr habt es gehört*", sagte er freudig, „*die Jagd ist eröffnet. Holt mir sofort dieses Weibsstück her.*"

Und wen er damit gemeint hatte, war für jeden offenkundig.

„*Ich bin aber noch gar nicht fertig...*"

Es war der Inspektor, von dem diese Worte kamen.

„*Hast du noch mehr, Guggi?*", fragte der Oberst-leutnant überrascht.

„*Ja sicher*", antwortete der Inspektor genüsslich, worauf der Oberstleutnant sagte:

„*Dann lass mal hören!*"

„*Dem Herrn Doktor steht das Wasser bis zum Hals*", begann der Inspektor, „*auch er ist ein Liebling des Finanzamtes.*"

„*Soll das heißen…?*"

„*Jawohl*", beantwortete der Inspektor die Frage von Maxi, „*seine Steuerschulden sind fünfstellig und das im oberen Bereich.*"

„*Die gnädige Frau hat Steuerschulden, der Herr Doktor hat Steuerschulden. So etwas verbindet…*"

Der Oberstleutnant hatte diese Worte fast geflüstert, und sein Blick war dabei von einem zum anderen gewandert, bevor er dann noch hinzufügte:

„*Wenn das nicht <Bonnie und Clyde> ist; dann weiß ich auch nicht.*"

*****

Evi Körner sah immer wieder zu der Glasscheibe in dem Verhörraum, hinter welcher der Oberstleutnant und die Majorin standen.

„Wenn Blicke töten könnten...", sagte Theo, worauf Maxi antwortete:

„Dann wären wir beide jetzt mausetot."

Als sie kurz darauf den Verhörraum betraten, wurden sie dementsprechend empfangen.

„Erst bestellen Sie mich hierher, und dann lassen Sie mich stundenlang warten. Geht man so mit einer trauernden Witwe um?"

„Witwe - ja, gnädige Frau", erwiderte der Oberstleutnant, *„aber trauernd...?"*

Das Gesicht von Evi Körner verfärbte sich augenblicklich, und sie legte all ihre Wut in die nächsten Worte.

„Sie sind ein unverschämter Kerl, und ich werde mich über Sie beschweren."

„Und Sie sind eine Steuersünderin, Verehrteste", gab der Oberstleutnant postwendend zurück, *„und jetzt lassen Sie uns Tacheles reden.*

In welcher Beziehung stehen Sie zu Dr. Axel Hafner? Und haben Sie den Mord an Ihrem Gatten gemeinsam geplant?"

Evi Körner begann hörbar nach Luft zu schnappen.

„Ich sage nichts mehr ohne meinen Anwalt", presste sie mühsam heraus, *„das ist mein gutes Recht. "*

„Den werden Sie auch brauchen", erwiderte Majorin Krecht, *„am besten, Sie rufen ihn gleich an. "*

Damit verließen die beiden Kriminalisten den Raum und ließen eine – um einiges geschrumpfte – Witwe zurück.

„Mein Name ist Dr. Hubert Danner. Ich bin der Anwalt der Familie Körner. "

Der Mann, der sich gerade den Kriminalisten vorstellte, war in feinstem Zwirn gekleidet und ein typischer Vertreter einer Yuppie-Generation, welche ihr Studium an einer Eliteuniversität absolviert hat.

Er nahm neben Evi Körner Platz, bedeutete ihr schnell, sie möge nichts ohne seine Zustimmung sagen, und wandte sich dann an die Kriminalisten.

„Was wird meiner Mandantin vorgeworfen? "

„Außer Steuerhinterziehung im großen Stil noch Beihilfe zum Mord", antwortete der Oberstleutnant.

Der Anwalt hatte den Köder, welchen Theo ihm hingeworfen hatte, geschluckt. Er wollte mit dem Hinweis auf die Steuerhinterziehung nur prüfen, aus welchem Holz der Anwalt geschnitzt ist.

Und dass der Anwalt den vorgeworfenen Steuerbetrug nicht sofort ausklammerte, zeigte Theo, dass der Herr Dr. Danner noch sehr grün war.

„Was uns jedoch im Moment beschäftigt, das ist nur der Mord", sagte Theo, *„die Sache mit der Steuerhinterziehung überlassen wir den Kollegen von der Wirtschaftspolizei."*

Der Anwalt nickte. Er schien erleichtert, dass der Oberstleutnant ihm die Arbeit abgenommen hatte.

„Dann wollen wir einmal anfangen, Frau Körner", sagte der Oberstleutnant in jovialem Ton.

„Es kann Ihnen ja nichts mehr passieren; jetzt, da Ihr Rechtsbeistand anwesend ist."

„Ich möchte Sie ersuchen, sachlich zu bleiben, Herr Kommissar", versuchte der Anwalt den Oberstleutnant zu ermahnen.

„Natürlich, Herr Professor", erwiderte der Oberstleutnant, worauf der Anwalt sagte:

„Ich bin kein Professor", was Theo veranlasste, zu antworten:

„Und ich kein Kommissar, Herr Doktor."

Beklommenes Schweigen machte sich breit. Während der Oberstleutnant wie ein Fels in der Brandung seinen Blick fest auf den Anwalt gerichtet hielt, wurde dieser zusehends verunsicherter.

„Nachdem wir das jetzt alles geklärt haben, können wir uns nun dem Wesentlichen zuwenden. "

Majorin Krecht, welche einmal mehr der Rhetorikkunst ihres Kollegen beiwohnen durfte, beendete damit das verbale Scharmützel.

„In welcher Beziehung stehen Sie zu Dr. Axel Hafner? "

Maxi hatte beschlossen, die Befragung durchzuführen, und Theo ließ sie vorerst gewähren.

„Wir sind Freunde ", antwortete Evi Körner.

„Haben oder hatten Sie eine intime Beziehung zu Dr. Hafner? "

Evi Körner wandte sich ihren Anwalt zu. Dieser flüsterte ihr etwas ins Ohr.

„Ja ", antwortete Evi Körner, *„Herr Dr. Hafner und ich hatten eine intime Beziehung. "*

„Geschah das im Wissen von Ihrem Gatten und Frau Hafner? "

Wieder wandte sich Evi Körner an ihren Anwalt und wieder flüsterte er ihr ins Ohr.

„Es geschah einvernehmlich unter allen Beteiligten", antwortete Evi Körner.

„Sie wollen uns glaubhaft machen, dass Frau Hafner Ihr Spiel mitgespielt hat?"

Der Oberstleutnant mischte sich nun wieder aktiv in die Befragung ein.

„Nicht so richtig", antwortete Evi Körner, *„Marianne ist etwas prüde; aber es war ihr egal. Sie war damit einverstanden."*

„Das heißt, Ihr Gatte hatte keine intime Beziehung zu Frau Hafner; aber es hat ihn nicht gestört, dass Sie eine mit Dr. Hafner hatten?"

Die Skepsis, welche in der Frage des Oberstleutnants lag, war nicht zu überhören. Sie war auch Evi Körner aufgefallen, und sie antwortete daher:

„Mein Gatte - Gott hab ihn selig – hat sich anderweitig vergnügt. Und so waren alle glücklich und zufrieden."

Maxi Krecht fragte sich gerade, was für ein Mensch Evi Körner wohl war. Mehr Oberflächlichkeit war Maxi bisher noch nicht begegnet, wie gerade durch diese Frau.

„Dann hätten wir das ja hinlänglich geklärt", sagte der Oberstleutnant, *„aber was ist mit dem Mord?"*

„*Was soll damit sein?*", fragte Evi Körner mit spitzer Zunge.

Theo schaute die Frau eindringlich an, bevor er betont langsam sagte:

„*Ich denke, Sie waren nicht direkt daran beteiligt; aber sie wussten davon.*"

„*Haben Sie Beweise gegen meine Mandantin für diese ungeheure Behauptung?*"

Mit diesem Einwand meldete sich der Anwalt zu Wort, der bisher dem Zwiegespräch zwischen seiner Mandantin und dem Oberstleutnant nur zugehört hatte.

„*Indizien, Herr Anwalt*", antwortete der Oberstleutnant, „*bisher sind es nur Indizien. Aber mit der Zeit werden Beweise daraus.*

Sie müssen sich das so vorstellen: Indizien sind wie Eier, aus denen irgendwann kleine Hühnchen schlüpfen. Das sind dann die Beweise."

Der junge Anwalt fühlte einen unbändigen Hass gegen den Oberstleutnant in sich aufsteigen, den er nur sehr schwer zu bändigen vermochte.

„*Dann werde ich jetzt mit Frau Körner diesen Raum verlassen, wenn Sie nichts dagegen haben*", sagte der Anwalt, in dem Bemühen, seiner Stimme Entschlossenheit zu verleihen.

„Sie können gehen, Herr Anwalt", erwiderte der Oberstleutnant, „aber Ihre Mandantin bleibt hier."

„Mit welcher Begründung?", fragte der Anwalt verwirrt, und der Oberstleutnant antwortete:

„Begründeter Anfangsverdacht auf Beihilfe bei einem Tötungsdelikt."

*****

„Wir haben viele Vermutungen; aber keinen einzigen Beweis."

Theo brachte damit den aktuellen Ermittlungsstand genau auf den Punkt, und Maxi ergänzte folgerichtig:

„Wenn uns nichts einfällt, müssen wir die lustige Witwe in ein paar Stunden wieder freilassen."

„Was ist mit Telefonnachweisen?", fragte Guggi.

„Das hilft uns auch nicht weiter", antwortete Theo, „dazu müssten wir Gesprächsaufzeichnungen haben, und die haben wir nicht."

„Dann müssen wir bluffen", sagte Maxi, und in ihrem Gesicht stand deutlich zu lesen, dass sie eine Idee hatte.

„*Was meinst du damit?*", fragte Theo, und Maxi antwortete:

„*Ich habe eine Idee. Bevor wir sie entlassen, werden wir sie noch einmal kurz befragen; aber ohne ihren Rechtsverdreher.*"

„*Und was willst du sie fragen?*", insistierte Theo weiter.

„*Das wirst du dann schon sehen. Geduld, Teddy, Geduld...*"

*****

Für den übernächsten Tag hatte die Majorin Krecht die Zahnarzthelferin, Gerda Pfeifer, aufs Revier gebeten.

„*Guten Morgen, Frau Pfeifer, und vielen Dank, dass Sie gekommen sind.*"

Mit diesen Worten begrüßte Maxi die leicht nervös wirkende Zahnarzthelferin.

„*Sie müssen nicht nervös sein, Frau Pfeifer, es geht nur um einen kleinen Gefallen, um den wir Sie bitten möchten.*"

„*Ich helfe gern, Frau Kommissar*", antwortete die Zahnarzthelferin, „*ich weiß nur nicht, wie.*"

„*Nennen Sie mich einfach <Maxi>, und ich nenne Sie <Gerda>, wenn es Ihnen recht ist*", erwiderte Maxi, um eine entspannte Atmosphäre zu schaffen, „*und jetzt hole ich uns erst einmal einen Kaffee. Oder möchten Sie lieber Tee oder etwas anderes?*"

„*Nein*", antwortete Gerda Pfeifer, „*Kaffee ist in Ordnung.*"

Die Verunsicherung wuchs, aber als Maxi mit dem Kaffee zurückkam, legte sich diese wieder. Die beiden Frauen empfanden Sympathie füreinander, und das war in diesem Moment äußerst hilfreich.

„*Sie fragen sich sicher, warum ich Sie hierhergebeten habe, Gerda*", sagte Maxi, begleitet von einem feinen Lächeln.

Gerda nickte und erwiderte Maxis Lächeln. Ihre anfängliche Befangenheit löste sich mehr und mehr auf.

„*Es geht um Ihren Chef, Dr. Hafner. Genauer gesagt, um seine Patientin, Frau Körner.*"

Maxi hielt kurz inne. Sie fragte sich, ob es vertretbar wäre, Gerda Pfeifer in den Ermittlungsstand einzuweihen. Dass es sinnvoll wäre und hilfreich sein könnte, davon war Maxi überzeugt.

„*Ihr Chef wird verdächtigt, in eine Mordsache verwickelt zu sein.*"

Gerda Pfeifer erschrak, als sie das hörte.

„*Um Gottes willen*", entfuhr es ihr, und sie hielt sich entsetzt die Hand vor den Mund.

Maxi wartete wieder einen kurzen Augenblick, bevor sie fortfuhr.

„*Und wir glauben, dass Frau Körner in die Angelegenheit involviert ist.*"

Interessanterweise verlief die Reaktion von Gerda Pfeifer dieses Mal ganz anders.

So groß das Entsetzen war, als sie hörte, ihr Chef sei in einen Mord verwickelt, so unaufgeregt reagierte sie auf die Mitteilung, Frau Körner könnte damit zu tun haben.

Maxi setzte nach und fragte:

„*Sie scheinen gar nicht überrascht darüber zu sein, dass Frau Körner mit der Mordsache zu tun haben könnte. Sagen Sie mir bitte, wieso?*"

„*Ich mag diese arrogante Person nicht*", antwortete Gerda Pfeifer, „*die arme Frau Marianne tut mir so leid. Der Doktor betrügt sie mit dieser Hexe.*"

„*Vermuten Sie das nur oder wissen Sie es?*", fragte Maxi.

„*Das ist ganz offenbar. Der Doktor bestellt sie immer als letzte Patientin, und uns schickt er dann weg, wenn sie da ist.*"

„Wen meinen Sie mit <uns>?", fragte Maxi.

„Mandy", antwortete Gerda Pfeifer, *„Mandy Uhlig, die Assistentin vom Chef und mich."*

„Haben Sie die beiden Turteltauben schon einmal belauscht?", fragte Maxi.

Diese Frage löste bei Gerda Pfeifer eine heftige Reaktion aus.

„So etwas mache ich nicht", sagte sie zutiefst entrüstet, *„für wen halten Sie mich?"*

Maxi bemerkte, dass sie mit ihrer Frage einen Fehler begangen hatte, und bemühte sich umgehend um Schadensbegrenzung.

„Das weiß ich doch, liebe Gerda, bitte entschuldigen Sie! Ich habe meine Frage ungeschickt formuliert; es tut mir sehr leid."

Maxi sah, dass Gerda Pfeifer gerade heftig mit sich rang, ob sie dableiben oder gehen sollte.

„Es tut mir wirklich leid, Gerda", wiederholte Maxi, *„ich wollte Sie nicht verärgern. Der Beruf bringt es wohl mit sich, dass man manchmal auf das Feingefühl vergisst.*

Ich mag Sie, und es täte mir von Herzen leid, wenn ich Sie verletzt haben sollte. Ich kann Sie nur nochmals um Verzeihung bitten."

Gerda Pfeifer sog jedes dieser Worte in sich auf. Es war schon lange her, dass jemand so persönliche Worte für sie gefunden hatte.

Maxi bemerkte, wie sich die Spannung zu lösen begann. Es lag wohl daran, dass sie jedes ihrer Worte, welche sie zu Gerda Pfeifer gesagt hatte, auch so gemeint hatte.

„Ist schon gut, Maxi", antwortete Gerda Pfeifer.

Die Majorin war berührt davon, dass Gerda Pfeifer sie tatsächlich „Maxi" genannt hatte.

Es war, als würde sich in diesem Moment ein feines Band zwischen den beiden Frauen knüpfen, und ein kleiner, zarter Regenbogen hätte sich aufgespannt.

„Hättest du Lust, demnächst einmal mit mir einen Kaffee oder ein Glas Wein trinken zu gehen?"

Die Frage war ganz einfach so aus Maxis Mund geschlüpft, gleichwie die Antwort aus dem Mund von Gerda.

„Sehr gern, liebe Maxi."

Die beiden Frauen sahen einander schweigend an.

„Warum hast du mich gefragt, ob ich die beiden belauscht habe?", unterbrach Gerda das Schweigen.

„Da war wohl der Wunsch der Vater des Gedankens", antwortete Maxi. „Es wäre zu schön gewesen; denn damit hätten wir etwas in der Hand gegen die Dame gehabt."

„Und wenn ich behaupte, etwas gehört zu haben?", fragte Gerda.

„Das vergisst du ganz schnell wieder, meine Liebe", antwortete Maxi heftig, „damit würdest du eine Straftat begehen."

Dieses unreelle Angebot von Gerda Pfeifer brachte Maxi wieder zu ihrem ursprünglichen Plan zurück.

„Aber ich habe eine andere Idee", begann sie ihre neue Freundin auf den Plan einzustimmen.

„Mein Kollege wird sich Frau Körner zur Vernehmung bringen lassen. Wir werden es so arrangieren, dass sie an diesem Raum vorbeigeführt wird, wo sie dich sehen kann."

Kurz darauf holte ein Beamter die Inhaftierte aus ihrer Zelle, um sie dem Oberstleutnant vorzuführen.

Als Evi Körner an der Glaswand des Zimmers vorbeigeführt wurde, in welchem sich die Majorin und Gerda Pfeifer befanden, erkannte sie die Zahnarzthelferin.

Sie konnte deutlich sehen, dass sich die Majorin und Gerda Pfeifer angeregt unterhielten. Und als Evi

Körner sah, wie sich die beiden freudig die Hände schüttelten, wurde sie schwindlig.

Was Evi Körner zwar sehen, aber nicht hören konnte, waren die Worte, welche die Majorin und die Zahnarzthelferin wechselten.

Es war nur belangloses Zeug und diente einzig und allein dem Zweck, Evi Körner etwas vorzugaukeln, was in Wirklichkeit gar nicht stattfand.

*****

„Ich habe noch ein, zwei Fragen an Sie, Frau Körner, bevor wir Sie entlassen können."

Mit diesen Worten empfing der Oberstleutnant die Inhaftierte. Maxi hatte zwischenzeitlich Gerda Pfeifer mit den Worten *„ich rufe dich demnächst an"* verabschiedet und befand sich nun hinter der Trennwand zum Verhörraum.

Dem Gesicht von Evi Körner war deutlich zu entnehmen, dass die Begegnung mit Gerda Pfeifer, wenn auch nur im Vorübergehen, Wirkung hinterlassen hatte.

„Und was wäre das?", fragte sie kleinlaut, und der Oberstleutnant antwortete:

„*Ich nehme an, Sie kennen Frau Pfeifer? Sie ist eine Mitarbeiterin von Dr. Hafner.*"

„*Ich weiß, wer Frau Pfeifer ist*", erwiderte Evi Körner mit barschem Ton.

„*Dann ist es ja gut*", bestätigte der Oberstleutnant.

„*Meine Kollegin ist gerade dabei, Frau Pfeifer zu befragen, und ich erwarte jeden Moment das Ergebnis.*"

Das war das Stichwort für Majorin Krecht. Sie verließ ihren Beobachtungsposten und betrat den Verhörraum.

Sie legte dem Oberstleutnant eine Mappe mit dem darin befindlichen Protokoll der Befragung von der Zeugin, Frau Gerda Pfeifer vor.

Der Oberstleutnant entnahm der Mappe das Blatt Papier und begann zu lesen.

Danach legte er das Blatt wieder zurück in die Mappe und sah Evi Körner mit triumphierendem Blick an.

„*Ich freue mich, Ihnen mitteilen zu können, dass Sie weiterhin unsere Gastfreundschaft genießen dürfen.*

Wie lange, das hängt vom Richter ab und von Ihrer Kooperation. Jetzt wäre die Zeit, endlich die Wahrheit zu sagen. Meinen Sie nicht auch?"

Evi Körner starrte auf die Mappe, welche vor dem Oberstleutnant auf dem Tisch lag. Der unheilvolle Inhalt drohte sie beinahe zu ersticken.

Dass es sich bei dem Blatt Papier lediglich um ein internes Rundschreiben handelte, die geänderten Kantinenzeiten betreffend, konnte sie ja nicht wissen.

„Frau Pfeifer hat ein interessantes Gespräch zwischen Ihnen und Dr. Hafner belauscht", fuhr der Oberstleutnant fort. *„Und darin sei es um Mord gegangen."*

Evi Körner vernahm ein heftiges Rauschen in ihren Ohren.

„Geben Sie zu, dass Sie mit Dr. Hafner den Mord an Ihrem Ehemann zusammen geplant und auch ausgeführt haben."

Jedes dieser Worte traf Evi Körner wie ein Peitschenschlag.

„Das ist nicht wahr", schrie Evi Körner laut.

Sie war aufgestanden und hatte sich über den Tisch, hin zu dem Oberstleutnant gebeugt.

„*Setzten Sie sich*", herrschte der Oberstleutnant Evi Körner an, „*und sagen Sie mir dann, wie es war.*"

„*Axel hat das alles geplant. Ich wollte das gar nicht. Und ich war auch nicht dabei, als Axel meinen Ehemann ermordet hat.*"

„*Wieso wollen Sie das wissen, dass Dr. Hafner Ihren Ehemann ermordet hat, wenn Sie doch gar nicht dabei waren?*", fragte der Oberstleutnant.

„*Weil er mich danach angerufen hat*", antwortete Evi Körner.

Theo sah erstaunt Maxi an und sagte dann zu Evi Körner:

„*Das können wir Ihnen glauben oder auch nicht.*"

„*Ich kann es beweisen*", sagte Evi Körner und sorgte damit für die nächste Überraschung.

„*Und wie?*", fragte die Majorin aufgeregt, die von der Entwicklung der Befragung genauso überrumpelt wurde wie der Oberstleutnant.

„*Ich habe das Gespräch aufgezeichnet*", antwortete Evi Körner.

„*Auf Ihrem Handy haben wir aber nichts gefunden*", sagte die Majorin leicht enttäuscht.

„Ich habe ein zweites Handy", antwortete Evi Körner.

Wenig später begleiteten zwei Beamte Evi Körner zu ihrer Villa, wo sie das Zweitgerät holte und den Beamten übergab.

Als sie, wieder zurück im Verhörraum, die Aufnahme abspielte, läuteten alle Glocken bei Theo und Maxi.

Sie hatten mit einem simplen Trick eine Verdachtsperson der Beihilfe zum Mord überführt, wovon sie nie zu träumen gewagt hätten. Evi Körner wurde wieder zurück in ihre Zelle gebracht und die Kriminalbeamten übergaben nun die Anklageschrift an die Staatsanwaltschaft.

*****

Die Suche nach Dr. Axel Hafner war bisher erfolglos verlaufen, obwohl Flughäfen, Züge, Straßen und Grenzübergänge überwacht wurden.

„Der ist schon längst über alle Berge."

Inspektor Guggi Gugginger betrieb mit diesen Worten einmal mehr Anti-Motivationstraining.

„Hast du auch noch andere Mantras auf Lager?", fragte der Oberstleutnant und sah seinen Kollegen vorwurfsvoll dabei an.

„Und warum finden wir ihn dann nicht?"

Auf diese Frage gab es keine Antwort; nur betretenes Schweigen.

„Es ist grotesk", steuerte Majorin Krecht ihrerseits einen Beitrag bei, „wir wissen, wer der Mörder ist, aber wir können ihn nicht vor Gericht bringen, weil wir ihn nicht finden."

„Das bringt doch alles nichts, Leute", sagte der Oberstleutnant. „Irgendwann werden wir den Kerl schon kriegen."

„Dein Wort in Gottes Ohr..."

Jetzt wurde es dem Oberstleutnant zu viel.

„Himmel, Arsch und Zwirn, Guggi. Jetzt reichts mir. Wenn du nichts Gescheites zu sagen hast, halt lieber deine Goschen."

Der Weckruf war bei Inspektor Gugginger angekommen. Er legte seinen Kopf schief und zuckte leicht mit den Schultern.

Majorin Krecht sah den Oberstleutnant nur an, sagte aber nichts. Aber der Oberstleutnant verstand sie dennoch.

„Wisst ihr was, Burschen", sagte die Majorin, *„scheiß drauf. Lasst uns ein Bier trinken gehen. Ich lade euch ein."*

Dieser salomonisch anmutende Satz löste mit einem Schlag die Spannung, die sich gerade aufgebaut hatte. Die drei Kollegen verließen das Büro, um die gute Idee der Majorin in die Tat umzusetzen.

*****

Der nächste Tag brachte eine totale Überraschung. Bei der Post der inhaftierten Evi Körner befand sich ein ganz spezieller Brief.

Die Post des Ehepaares Körner wurde, auf Anordnung der Staatsanwaltschaft, automatisch an die Polizei überstellt.

Der besagte Brief enthielt eine Aufforderung an den toten Gerald Körner, er möge 84.000,00 Euro an einem bestimmten Ort hinterlegen, sonst müsste Dr. Axel Hafner sterben.

Als Beweis lag ein Polaroid-Foto bei, welches einen gefesselten und geknebelten Mann zeigte, der zweifelsfrei Dr. Axel Hafner war.

„*Das macht doch überhaupt gar keinen Sinn*", war die erste Reaktion des Oberstleutnants, als ihm der Brief vorgelegt wurde.

„*Wenn der Brief an die Ehefrau oder den Schwiegervater des Doktors gegangen wäre, dann würde es passen. Aber so…*"

„*Vielleicht wurde der Brief an die falsche Adresse geschickt*", startete Inspektor Gugginger einen Erklärungsversuch.

„*Schau einmal auf den Umschlag, du Schlaumeier*", erwiderte der Oberstleutnant. „*Welche Adresse steht da?*"

„*Ist ja gut*", antwortete der Inspektor, „*es hätte ja sein können.*"

„*Tut es aber nicht*", sagte der Oberstleutnant, was die Majorin veranlasste, zu sagen:

„*Nicht schon wieder, Burschen. Vertragt euch!*"

„*Vielleicht hat ja die Familie auch so einen Brief bekommen.*"

Der Oberstleutnant sah zur Majorin, wiegelte ein paar Mal den Kopf und sagte dann:

„*Das ist gar keine so blöde Idee, Guggi. Das sollten wir schleunigst überprüfen.*"

„*Geht doch, ihr Streithansln*", sagte die Majorin freudig, „*dann lasst uns das so machen.*"

Nur wenig später läuteten der Oberstleutnant und die Majorin bei Marianne Hafner an.

„*Verzeihen Sie die Störung, gnädige Frau*", sagte der Oberstleutnant, „*war bei Ihnen heute ein spezieller Brief bei der Post?*"

„*Ich öffne seit dem Unglück keine Post mehr*", antworte Marianne Hafner, zum Erstaunen der Kriminalbeamten.

„*Würden Sie uns vielleicht erlauben, Ihre Post durchzusehen?*", fragte die Majorin vorsichtig.

„*Bedienen Sie sich*", kam die Antwort von Marianne Hafner, „*die Post liegt auf dem kleinen Tischchen.*"

Sie deutete dabei auf ein kleines Möbelstück im Bereich des Foyers.

Die beiden Beamten zogen sich Handschuhe an und begannen die Post zu durchforsten. Es dauerte nur einen kleinen Moment, bis sie das gesuchte Objekt entdeckten.

Es war das gleiche Kuvert und die gleiche Schrift.

„*Erlauben Sie uns, dass wir das Kuvert öffnen?*", fragte die Majorin, und Marianne Hafner antwortete:

"Machen Sie damit, was sie wollen. Es ist mir egal."

Der Majorin fiel in diesem Augenblick auf, dass sich die Stimme von Marianne Hafner etwas brüchig anhörte.

Maxi sah sich daraufhin die Frau etwas genauer an, und sie vermutete, dass bei Marianne Hafner Alkohol im Spiel sein musste.

"Brauchen Sie vielleicht psychologische Hilfe, Frau Hafner?", fragte Maxi, *"wir können Ihnen gern welche besorgen."*

Marianne Hafner sah Maxi lächelnd an.

"Das ist sehr lieb von Ihnen, Frau Kommissar", antwortete Marianne Hafner, *"aber mir kann niemand helfen."*

Bevor Maxi weiter auf das Gespräch eingehen konnte, hörte sie den Oberstleutnant sagen:

"Es ist der gleiche Brief. Lass uns gehen."

Maxi fühlte eine zarte Wut in sich aufsteigen. Sie arbeitete schon seit vielen Jahren mit dem Oberstleutnant zusammen; aber an sein immer wieder auftretendes, mangelndes Feingefühl, hatte sie sich noch immer nicht gewöhnt.

„Sollten wir nicht auch den alten Herrn befragen?", sagte Maxi, „vielleicht hat auch er ominöse Post bekommen."

„Du hast recht, Maxi", antwortete der Oberstleutnant, „lass uns zu ihm hinuntergehen."

Der Oberstleutnant verließ mit einem kurzen Gruß die Wohnung von Marianne Hafner und Maxi folgte ihm. Sie hatte aber vorher schnell noch Marianne Hafner ihre Visitenkarte überreicht, mit den Worten:

„Bitte, rufen Sie mich an, wenn Sie Hilfe brauchen oder wenn Sie einfach nur reden wollen."

Als Stephan Zinner die Tür öffnete und Maxi erblickte, ging ein Lächeln über sein Gesicht.

„Sie sind das, liebe Dame; das ist aber schön. Grüß Gott, und kommen Sie bitte herein."

„Vielen Dank, Herr Zinner", erwiderte Maxi und trat mit dem Oberstleutnant ein.

Die beiden Kriminalbeamten gingen aber schon wieder nach wenige Minuten, denn im Gegensatz zu seiner Tochter, hatte der alte Herr keinen entsprechenden Brief erhalten.

*****

Der Oberstleutnant hatte bewusst darauf verzichtet, Marianne Hafner direkt auf den Inhalt des Briefes anzusprechen, als sie ihn in ihrer Post gefunden hatten.

Zum einen, weil der Brief erst erkennungstechnisch untersucht werden sollte, und zum anderen, weil Theo es vorzog, die Befragung auf dem Revier durchzuführen.

„Wie Sie wissen, haben wir diesen Brief bei Ihnen gefunden", begann Theo die Befragung und legte dann, nach einer kurzen Pause, das Foto ihres gefesselten Gatten auf den Tisch.

Die Reaktion auf das Bild überraschte die Ermittler. Kein entsetzter Aufschrei, wie man erwarten hätte können, sondern ein stoischer Blick auf die Fotografie.

„Erkennen Sie, wer das ist auf dem Bild?", fragte Theo fürsorglich, worauf Marianne Hafner tonlos antwortete:

„Das ist mein Mann Axel."

Der Oberstleutnant nickte Maxi zu, um ihr zu bedeuten, sie möge mit der Befragung fortfahren.

„Möchten Sie vielleicht ein Glas Wasser, Marianne?", fragte Maxi und fügte schnell hinzu:

„Ich darf Sie doch Marianne nennen?"

Marianne Hafner nickte. Im selben Augenblick begannen ihr die Tränen über die Wangen zu rinnen.

Maxi reichte ihr ein Papiertaschentuch und sagte:

„Es tut mir sehr leid, Marianne. Wir werden alles tun, um Ihren Gatten zu befreien. Wir möchten Sie nur bitten, uns zu helfen, indem Sie uns ein paar Fragen beantworten. Ist das in Ordnung für Sie?"

Marianne nickte. Sie wischte ihre Tränen ab und schenkte Maxi ein kleines Lächeln.

„Haben Sie eine Ahnung oder können Sie sich vorstellen, warum der Entführer von Ihnen das Geld haben will?", fragte der Oberstleutnant.

„Nein", antwortete Marianne Hafner, *„um die finanziellen Angelegenheiten meines Mannes habe ich mich nie gekümmert."*

„Können Sie sich vorstellen, wer Ihren Mann entführt haben könnte?", fragte der Oberstleutnant weiter.

Auch diese Frage verneinte Marianne Hafner.

Damit beendete der Oberstleutnant die Befragung. Er bedankte sich bei Marianne Hafner und sagte ihr, dass ein Beamter sie nach Hause fahren würde.

*****

„Wieso schickt unser Erpresser einen Brief an eine Leiche?"

Diese Gretchenfrage beschäftigte das Ermittlerteam seit einigen Tagen und war Anlass für die verschiedensten Spekulationen.

Aber von nicht weniger Interesse war die Frage, warum ein zweiter Erpresserbrief an Marianne Hafner ergangen war.

„Weil er nicht weiß, dass der schöne Gerry seinen Wohnsitz in der Gerichtsmedizin aufgeschlagen hat."

Diese Antwort von Inspektor Gugginger entsprach in vollem Umfang seinem Humor.

„Unser Guggi, immer lustig und fidel", erwiderte der Oberstleutnant auf die Erklärung des Inspektors und sagte dann:

„Nehmen wir einmal an, du hast recht, Guggi. Aber wieso dann der zweite Brief an Marianne Hafner?"

Der Inspektor zuckte mit den Schultern.

Die Tür ging auf und die Majorin trat ein.

„Wir wissen jetzt, wer der zweite Tote ist", sagte sie triumphierend und schwenkte ein Blatt Papier in der Luft.

Sie legte es auf den Tisch und fügte hinzu:

„Das ist der Mann, als er noch ein Gesicht hatte. Er heißt Paul Hofbauer und ist aus Linz. Er ist aktenkundig, weil er bei seinem früheren Arbeitgeber Unterschlagungen gemacht hat.

Nach seiner Haftentlassung hat er völlig den Halt verloren. Seine Frau hat sich von ihm scheiden lassen und ist mit dem gemeinsamen Kind zu ihren Eltern nach Passau gezogen.

So ist er dann auf der Straße gelandet. Sein bevorzugter Aufenthaltsort war Krems, wo er unter einer Brücke sein Lager aufgeschlagen hat."

Der Oberstleutnant hatte eingehend die ausgedruckte Fotografie betrachtet und sagte dann:

„Das ist der Zusammenhang, nachdem wir gesucht haben. Beide Tote stammen mehr oder weniger aus Krems."

„Aber warum haben der schöne Gerry und der Doktor einen Obdachlosen mit auf das Boot genommen? Das verstehe ich nicht."

„Ich auch nicht", pflichtete der Inspektor der Majorin bei.

„Es muss aber einen Grund dafür geben", erwiderte der Oberstleutnant trotzig. *„Aber welchen...?"*

*****

Inzwischen war schon eine Woche vergangen, ohne dass sich der Erpresser wieder gemeldet hätte.

Die Ermittler begannen schon an der Ernsthaftigkeit der beiden Schreiben zu zweifeln, als ein weiterer Brief einging. Dieses Mal jedoch nur bei Marianne Hafner.

Darin wurde sie aufgefordert, die Summe in einem Gebäude zu deponieren, welches von der Firma „Körner-Bau" errichtet wurde.

Es befand sich noch im Rohbau, an welchem jetzt von diversen anderen Firmen der Innenausbau vorgenommen wurde.

Die Stelle, an welcher der Geldbetrag deponiert werden sollte, war eine der Kamintüren in diesem Bau.

„Es wird jetzt immer skurriler", sagte die Majorin.

„Ich frage dich, Teddy, aus welchem Grund jetzt nur noch die arme Frau Hafner zum Handkuss kommen soll?"

„Wahrscheinlich ist zu ihm durchgedrungen, dass der schöne Gerry nicht mehr unter uns weilt", antwortete der Oberstleutnant.

„Und was machen wir jetzt?", fragte die Majorin.

„*Ich weiß es nicht, Maxi*", antwortete der Oberstleutnant, „*spielen wir halt <Räuber und Gendarm>
oder sonst irgendwas.*"

„*Deine Witze waren auch schon einmal besser*",
erwiderte die Majorin, „*da sind ja die vom Guggi
noch besser.*"

*****

Dr. Elfriede Happel hatte die Ermittler zu sich gebeten.

„*Sag, dass du etwas Neues für uns hast*", sagte
Theo, als er mit Maxi bei der Tür hereinkam. „*Wir
drehen uns im Kreis.*"

„*Erst einmal einen wunderschönen guten Morgen*",
erwiderte die Gerichtsmedizinerin, „*so viel Zeit muss
sein.*"

„*Dir auch einen guten Morgen, Elfi*", erwiderte
Maxi, und Theo sagte:

„*Ich wüsste nicht, was an diesem Morgen schön
sein soll.*"

„*Du bist und bleibst ein Misanthrop, lieber Theo*",
antwortete Elfriede, „*aber das ist ja nichts Neues.
Oder?*"

„Also, was ist?", drängte Theo, *„hast du etwas oder war dir nur langweilig?"*

Die Medizinerin überging die letzte Bemerkung und wandte sich an Maxi.

„Also, die beiden Herren sind beide, ohne jede Gegenwehr, ins Wasser gefallen. Fremd-DNA konnte nicht festgestellt werden.

Der einzige Unterschied war das Mordwerkzeug. Bei dem Obdachlosen war es der Mastbaum und bei Gerald Körner der Baseballschläger."

„Na toll", sagte Theo, *„gut, dass wir das wissen. Und was machen wir jetzt damit?"*

„Jetzt pass einmal auf, du alter Grantscherben. Entweder hörst du zu, ohne deine depperten Bemerkungen, oder du schleichst dich. Ich kann das alles auch nur Maxi erzählen.

Die hat nämlich den nötigen Respekt, der dir ganz offensichtlich zu fehlen scheint. Du vergisst scheinbar, dass du dich in meinem Reich befindest."

Dr. Elfriede Happel hatte diese Worte in einer Schärfe gesagt, die man so gar nicht von ihr kannte. Und sie zeigten Wirkung.

Es kostete den Oberstleutnant zwar sehr viel Überwindung; aber er hatte die klare Botschaft wohl verstanden.

Das Ergebnis war ein zwischen den Zähnen heraus-gepresstes *„es tut mir leid"*, sowie eine deutliche Zu-rückhaltung für den Rest seiner Verweildauer.

„Ich habe mich mit dem Seeamt in Verbindung ge-setzt, und die haben herausgefunden, dass zuerst der Obdachlose ins Wasser gefallen ist und danach Ge-rald Körner. Und das an zwei völlig unterschiedlichen Orten und auch weit auseinanderliegend."

Jetzt spitzten die beiden Ermittler die Ohren. Das war eine höchst interessante Nachricht.

„Du bist die Größte, Elfi", kam es dem Oberstleut-nant euphorisch über die Lippen. *„Und sei mir nicht böse wegen vorhin. Wir stehen halt zurzeit sehr unter Strom."*

Theo ging hin zu Elfi und gab ihr einen Kuss auf die Wange.

„Damit hast du uns sehr geholfen. Du bist halt ein Schatz."

„Vergiss es nicht wieder, Theo", erwiderte die Ge-richtsmedizinerin.

„Ganz sicher nicht, liebe Elfi", sagte Theo und ver-ließ mit Maxi den Raum.

*****

Noch am selben Tag forderte der Oberstleutnant die Kollegen zu einem Brainstorming auf.

„Wir wissen jetzt, dass Paul Hofbauer das erste Mordopfer war, dem einige Zeit später das zweite Mordopfer, Gerald Körner folgte.

Die Tatorte liegen ziemlich weit auseinander, wurden aber auf derselben Location verübt. Es stellt sich nun die Frage, wer wen ermordet hat. Wer hat eine Idee dazu?"

Nachdem sich spontan keiner meldete, fuhr der Oberstleutnant fort.

„Dann werde ich euch jetzt ein Szenario aufzeichnen, und ihr sagt mir dann eure Meinung dazu.

Also Folgendes:

Den Mord an Paul Hofbauer haben Gerald Körner und Dr. Axel Hafner gemeinsam ausgeführt. Wer welche Rolle dabei gespielt hat, lassen wir jetzt einmal außen vor.

Den Mord an Gerald Körner muss demnach folgerichtig Dr. Hafner ausgeführt haben, denn weitere Personen waren ja nicht an Bord. Was meint ihr dazu?"

Ein allfälliges Gemurmel deutete der Oberstleutnant als Zustimmung. Er wollte gerade fortfahren, als die Tür aufging und Inspektor Gugginger eintrat.

„Schön, dass du es einrichten konntest, auf einen Sprung vorbeizuschauen, mein Lieber", sagte Theo und eröffnete damit ihr traditionelles „Katz- und Mausspiel".

„Danke für deine freundlichen Worte, mein Bester", gab Guggi postwendend zurück, *„ich habe dir auch etwas Schönes mitgebracht."*

Die Anwesenden genossen einmal mehr das Verhalten der beiden Kollegen.

„Und das wäre?", kam die süffisant dargebrachte Frage von Theo.

„Eine Lebensversicherung über 2.000.000 Euro. Du weißt schon, das ist die Zahl mit sechs Nullen", antwortete der Inspektor.

Stille trat plötzlich ein. Alle blickten zu Inspektor Gugginger, der wieder einmal seinem Spitznamen „Trüffelschwein" gerecht wurde.

„Und wer ist der Begünstigte?", fragte Theo.

„Die liebwerte Gattin des Herrn Körner", antwortete der Inspektor.

Die Antwort löste ein Raunen aus.
„Das riecht stark nach versuchtem Versicherungsbetrug."

Maxi hatte nur das ausgesprochen, was offensichtlich war.

„Damit sind wohl die letzten Zweifel ausgeräumt", sagte der Oberstleutnant, *„Mord aus Habgier an Gerald Körner, begangen durch Dr. Axel Hafner, unter der passiven Mittäterschaft von Evi Körner."*

„Und wie passt der Obdachlose da hinein?", fragte einer der anwesenden Kollegen.

„Ganz einfach, Kollege", antwortete der Oberstleutnant.

„Die Tatsache, dass Paul Hofbauer gestylt war wie Gerald Körner, versehen mit dessen Kleidung und Schmuck, deutet doch klar darauf hin, dass der Tod von Gerald Körner vorgetäuscht werden sollte.

Dass seine Gattin und sein Freund, der Doktor, hingegen andere Pläne hatten, konnte der schöne Gerry ja nicht wissen."

„Soweit – so gut", sagte Maxi, *„was machen wir jetzt aber mit dem Erpresser? Wie kommen wir an den entführten Doktor heran?"*

„Wir warten, bis der Entführer uns den Zeitpunkt der Lösegeld-Übergabe bekannt gibt, und dann schnappen wir uns die beiden."

*****

Marianne Hafner sah die beiden Kriminalisten an und sagte:

„Ich habe keine 84.000 Euro, und selbst wenn ich sie hätte, würde ich sie nicht bezahlen."

Diese Worte klangen hart, ging es doch um das Leben ihres Ehemannes. Andererseits waren sie verständlich, wenn man bedenkt, was in einer Frau vorgehen musste, deren Ehemann sie auf das Schändlichste hintergangen hatte.

„Der Staat streckt die Summe vor", sagte die Majorin, *„machen Sie sich keine Sorgen, Marianne. Wir werden Ihren Ehemann befreien."*

Damit zog sich Maxi einen strafenden Blick ihres Kollegen zu. Es war ein ungeschriebenes Gesetz, keinerlei derartige Versprechungen zu machen.

Marianne sah zu Maxi. Ein feines Lächeln umsäumte ihr Gesicht, als sie antwortete:

„Ich mache mir schon lange keine Sorgen mehr um meinen Ehemann. Meine einzige Sorge gilt meinem Vater, dem das alles sehr nahegeht."

„Wären Sie dennoch bereit, das Lösegeld zu übergeben?", fragte der Oberstleutnant.

„Wenn es Ihnen hilft, den Entführer zu fassen", antwortete Marianne Hafner, und die Abgeklärtheit in

ihrer Stimme jagte Maxi einen kalten Schauer über den Rücken.

„Sehr sogar, Frau Hafner", erwiderte der Oberstleutnant. *„Melden Sie sich bitte sofort, wenn der Entführer Ihnen den Zeitpunkt der Übergabe bekannt gibt. "*

„Das mache ich, Herr Kommissar", sagte Marianne Hafner.

Als Theo und Maxi in ihrem Auto zurückfuhren, sagte Theo:

„Eine tolle Frau. Findest du nicht auch? "

„Sie tut mir leid", antwortete Maxi, *„das alles hat sie nicht verdient... "*

*****

Es dauerte wieder eine geraume Zeit, bis sich der Erpresser bei Marianne Hafner meldete.

Eine neue Fotografie des Entführten, mit einer aktuellen Tageszeitung vor der Brust, und der Aufforderung, das Geld in einer bestimmten Kamintüre zu deponieren, kam wieder mit der Post.

Marianne Hafner hatte den Brief ungeöffnet an die Ermittler übergeben.

„Es ist ein Sonntag", sagte der Oberstleutnant, „das ist gut. Da sind keine Arbeiter auf der Baustelle.

Wir werden am frühen Morgen Beobachtungsposten aufstellen und warten, bis Marianne Hafner, nach dem Deponieren des Geldes, das Gebäude wieder verlassen hat.

Dann warten wir, bis der Erpresser das Geld abholt, und schnappen dann zu."

„Was ist, wenn der Erpresser schon im Gebäude drin ist?", fragte die Majorin.

„Das ist unwahrscheinlich. Bis Samstagabend sind sicher noch Arbeiter auf der Baustelle. Und selbst wenn, irgendwann muss der Entführer ja wieder herauskommen."

*****

Als die Ermittler am Sonntagmorgen zu dem Neubau kamen, wurden sie überrascht.

Sie sahen aus sicherer Entfernung mehrere Firmenwagen mit der Aufschrift „Sanitär-Fuchs", welche vor dem Gebäude standen und zwei Arbeiter, die gerade dabei waren, Waschbecken hineinzutragen.

„*Das gibt es doch nicht*", sagte der Oberstleutnant sichtlich erregt, „*was haben die am Sonntag hier verloren?*"

„*Fertigstellungsverzug und Angst vor Pönale[1]*", antwortete die Majorin, „*was machen wir jetzt?*"

„*Wir lassen alles laufen, wie bisher und hoffen, dass der Erpresser nicht davon abgeschreckt wird*", antwortete der Oberstleutnant und hieß die anderen Kollegen sich ruhig zu verhalten.

„*Hoffentlich bemerkt der Kerl den GPS-Sender nicht im Boden der Tasche*", sagte die Majorin.

„*Der ist so klein, den bemerkt er sicher nicht*", erwiderte der Oberstleutnant, „*und außerdem; wer sagt uns, dass der Erpresser keine Frau ist?*"

„*Weil eine Frau nicht so dumm wäre, diesen Übergabeort zu wählen*", antwortete die Majorin.

„*Und warum nicht?*", fragte der Oberstleutnant, worauf die Majorin antwortete:

„*Weil das Gelände viel zu offen und überschaubar ist.*"

„*Frau Hafner ist gerade eingetroffen und auf dem Weg ins Gebäude.*"

---

[1] Vertragsstrafe wegen Nichteinhaltung eines Liefer- oder Fertigungstermins

Die Meldung eines anderen Kollegen beendete die Diskussion zwischen Theo und Maxi.

Es folgte eine weitere Meldung, dieses Mal aus der Zentrale.

„Der GPS-Sender arbeitet gut. Wir können sehen, dass die Geldtasche auf dem Weg ins Gebäude ist."

Kurz darauf kam eine weitere Meldung:

„Die Tasche bewegt sich jetzt nicht mehr."

„Frau Hafner hat das Geld scheinbar an der gewünschten Stelle deponiert", sagte Theo und hielt mit dem Fernglas Ausschau nach Frau Hafner, die gerade wieder aus dem Gebäude kam.

„Der Speck ist in der Falle", sagte Theo, *„jetzt heißt es nur noch warten, bis die Maus zubeißt."*

Als schon mehr als eine Stunde vergangen war, kam den Kriminalbeamten die Sache spanisch vor.

„Wieso holt der Kerl die Tasche nicht?", fragte Theo, *„ich bin sicher, er ist irgendwo in der Nähe."*

„Was machen wir jetzt?", fragte Maxi, welche die Bedenken von ihrem Kollegen teilte.

„Weiter warten", antwortete Theo, *„was sonst?"*

Nach einer weiteren Stunde beschloss Theo den Einsatz abzubrechen. Die Handwerker hatten inzwischen das Gelände auch schon verlassen.

„Lass uns das Geld holen und verschwinden", sagte Theo, *„der Kerl kommt heute bestimmt nicht mehr."*

Als sie das Gebäude betraten, sahen sie, dass Richtungspfeile an die Wände gemalt waren. Sie folgten ihnen, bis sie vor einer Kamintüre standen.

Und dann kam die große Überraschung. In der offenstehenden Kamintüre lag die Geldtasche; jedoch ohne ihren Inhalt.

„Ich bin so ein Trottel", schrie der Oberstleutnant, *„die Handwerker."*

„Was meinst du damit?", fragte die Majorin.

„Siehst du das nicht?", schrie der Oberstleutnant, und seine Stimme überschlug sich beinahe.

„Einer der Handwerker ist der Erpresser oder eine Person hat sich unter sie gemischt, der sich als Handwerker verkleidet hat.

Er hat das Geld aus der Tasche genommen und ist seelenruhig damit vor unseren Augen an uns vorbeimarschiert."

*****

Noch am selben Abend befanden sich alle Handwerker, welche Stunden davor auf der Baustelle tätig waren, zur Befragung auf dem Revier.

Der Oberstleutnant hatte das angeordnet, auch dass die beteiligten Personen notfalls mit Gewalt vorzuführen wären.

Herbert Fuchs, der Chef der Firma „Sanitär-Fuchs" war ebenfalls erschienen. Er war der Erste, den der Oberstleutnant befragte.

„Können Sie mir versichern, dass das alle Personen sind, welche an diesem Tag auf der Baustelle tätig waren?"

Der Oberstleutnant legte Herbert Fuchs ein Blatt Papier vor, auf welchem die Namen der betroffenen Personen aufgelistet waren.

Herbert Fuchs, ein Mann jenseits der sechzig, las die Liste aufmerksam durch und sagte dann:

„Eine Person fehlt."

„Wer ist das?", fragte der Oberstleutnant, und Herbert Fuchs antwortete:

„Ein gewisser Erich Kleinschmidt."

„Wieso <ein gewisser>?", fragte der Oberstleutnant.

„Weil er sich so genannt hat", antwortete Herbert Fuchs.

„Das verstehe ich nicht", erwiderte der Oberstleutnant, *„können Sie mir das bitte näher erklären?"*

„Ich bin mit meiner Arbeit im Verzug und riskiere eine Konventionalstrafe", antwortete Herbert Fuchs.

Der Handwerksmeister machte eine kleine Pause, worauf der Oberstleutnant drängte:

„Weiter, weiter, guter Mann!"

Die nächsten Worte kamen Herbert Fuchs nur schwer über die Lippen.

„Der Mann hat mich am Samstag gefragt, ob ich Arbeit für ihn hätte. Er hätte einen finanziellen Engpass und er wäre bereit, jede Arbeit zu machen.

Als ich ihn nach Papieren fragte, versprach er mir, diese am Montag nachzureichen. Sonst hätte ich ihn ganz bestimmt nicht genommen."

Herbert Fuchs sagte das in beschwörender Manier. Die Angst, Schwierigkeiten mit der Behörde zu bekommen, stand ihm förmlich ins Gesicht geschrieben.

Der Oberstleutnant hatte es erkannt und sagte deshalb:

„Keine Angst, Herr Fuchs. Wir wollen Ihnen keine Schwierigkeiten machen. Uns interessiert nur dieser fremde Mann. Könnten Sie vielleicht mit unserem Zeichner ein Phantombild machen?"

„Aber sicher; das mache ich gern", antwortete Herbert Fuchs erleichtert, *„und bekomme ich jetzt Schwierigkeiten mit dem Amt?"*

„Nein", antwortete der Oberstleutnant, *„aber ich hätte noch eine Frage. Ist unter Ihren Mitarbeitern jemand, der erst kurze Zeit für Sie arbeitet oder sich in finanziellen Schwierigkeiten befindet?"*

„Weder das eine noch das andere", antwortete Herbert Fuchs. *„Meine Männer sind langjährige Mitarbeiter, und ich lege für jeden von ihnen meine Hand ins Feuer."*

„Ich danke Ihnen, Herr Fuchs. Ein Kollege wird Sie jetzt zu unserem Zeichner führen."

Und zu der Majorin sagte er:

„Ich denke, die anderen können wir wieder nach Hause schicken. Unser Erpresser ist da sicher nicht darunter."

Wie recht der Oberstleutnant damit hatte, sollte sich schon sehr bald herausstellen.

*****

Das Phantombild lag bei allen Polizeidienststellen auf, und den Namen „Erich Kleinschmidt" gab es erwartungsgemäß nicht.

Obwohl der Erpresser seine Beute kassieren konnte, hatte er bisher seinen Gefangenen nicht freigelassen, und es gab auch keine weiteren Lebenszeichen mehr von Dr. Hafner.

„Es ist die Frage, ob der Doktor überhaupt noch am Leben ist", sagte Maxi, worauf Theo antwortete:

„Solange wir keine Leiche haben, gilt er noch als lebend."

Sehr hoffnungsfroh klangen diese Worte aber nicht.

Inspektor Gugginger betrat den Raum. Als er die langen Gesichter seiner Kollegen sah, sagte er:

„Wer ist denn gestorben, ihr Lieben?"

„Du kannst scheinbar nicht anders", sagte der Oberstleutnant, „warst du je ernst in deinem Leben oder gibst du seit deiner Geburt den Pausenclown?"

„Ich habe es kurz ausprobiert mit der Ernsthaftigkeit; habe es aber schnell wieder sein lassen", erwiderte Guggi, „ich bin eben viel lieber lustig."

„Nur schön, dass du etwas zu lachen hast", sagte Maxi, „uns geht nämlich langsam der Humor aus."

„*Gut, dass es das Trüffelschwein gibt*", sagte Guggi und setzte sich nieder. „*Ich habe nämlich etwas für euch.*"

Theo und Maxi blickten erwartungsvoll in das Gesicht ihres Kollegen, den sie manchmal am liebsten auf den Mond schießen würden, dessen Dienste hingegen äußerst kostbar und unverzichtbar waren.

„*Was hast du Guggi?*", fragte die Majorin aufgeregt.

„*Einen schönen Abend mit euch, bei gutem Essen und einem kühlen Bier*", antwortete der Inspektor.

Dann schaute er den Oberstleutnant an und fügte hinzu:

„*Und du bezahlst.*"

„*Sag schon endlich, was du hast*", drängte Theo, der das Spiel mit der Einladung schon öfter mitspielen musste.

„*Du weißt doch, wer Tank^2 ist*", begann Guggi.

„*Natürlich weiß ich, wer Tank ist*", antwortete Theo.

„Tank", eigentlich Dankward Mössner, war eine bekannte Größe in der Unterwelt.

---

^{2} englisches Wort für Panzer

Als Kind ständig gehänselt ob seines Vornamens, weil seine Altersgenossen aus Dankward „Tankwart" machten, hatte er als Erwachsener hart dafür gekämpft, respektiert zu werden.

Mit der Fähigkeit, sowohl Schmerzen zuzufügen, als auch welche einzustecken, hatte er sich sehr schnell einen Namen in gewissen Kreisen verschafft.

Mehrere Gefängnisaufenthalte hatten aus dem Knaben Dankward „Tank" gemacht, einen skrupellosen Kriminellen, der auch vor Mord nicht zurückschreckte.

Obwohl man davon überzeugt war, dass er unliebsame Konkurrenten ausschaltete, konnte ihm kein einziger Mord nachgewiesen werden.

Inzwischen war er der König der Unterwelt und verfügte über ein Imperium, aufgebaut auf Prostitution, illegales Glücksspiel und Wettbüros. Von Rauschgift hat er jedoch stets die Finger gelassen.

„Und jetzt haltet euch fest", sagte Guggi, „von einem meiner Informationssklaven weiß ich, dass der Herr Doktor große Spielschulden bei Tank hat."

Diese Worte klangen für Theo und Maxi wie Sphärenmusik; viel zu schön, um wahr zu sein.

„Sag das noch einmal", erwiderte Theo, „ist das wirklich wahr?"

„*Ist der Papst katholisch?*", drosch Guggi die liebste aller Phrasen.

Und als Theo nicht gleich weiter darauf reagierte, sagte Guggi:

„*Aber die Einladung steht doch, Theo. Oder?*"

„*Ist der Papst katholisch?*", antwortete Theo, der es sich gerade nicht verkneifen konnte, Guggis Phrase mit einem breitem Grinsen zu retournieren, und fügte noch hinzu:

„*Du bist der Größte, Guggi; ich könnt dich abbusseln.*"

„*Belassen wir es doch lieber bei Speis und Trank*", erwiderte der Inspektor.

„*Das passt*", sagte Maxi, „*ich habe mir schon die ganze Zeit überlegt, warum es sich bei der Lösegeldforderung um keine runde Summe handelt.*

Normalerweise verlangt ein Erpresser 100.000 Euro; aber keine 84.000. Wenn es sich aber um Spielschulden handelt, dann macht das durchaus Sinn."

*****

Als der Oberstleutnant und die Majorin den Verhörraum betraten, erwartete sie ein von Steroiden gemästeter und vor Testosteron strotzender Muskelberg.

„*Grüß Gott, Herr Mössner, und vielen Dank, dass Sie unserer Einladung gefolgt sind.*"

„*Sagen S` Tank zu mir*", kam die Aufforderung von Dankward Mössner an den Oberstleutnant.

„*Das ist mir zu martialisch*", antwortete der Oberstleutnant, „*ich belasse es lieber bei Ihrem richtigen Namen.*"

Tank Mössner schaute den Oberstleutnant entgeistert an, weil er nicht verstand, warum dieser so unfreundlich reagiert hatte, und mit dem Wort „martialisch" konnte er gerade auch nicht sehr viel anfangen.

„*Kennen Sie einen Dr. Axel Hafner?*", fragte der Oberstleutnant, worauf Tank Mössner antwortete:

„*Wer soll das sein?*"

„*Ein Mann, der Ihnen viel Geld schuldet*", antwortete der Oberstleutnant.

„*Mir schulden einige Geld*", erwiderte Tank Mössner lächelnd, „*ich kann nicht einen jeden kennen, Herr Inspektor.*"

Der Oberstleutnant war schon im Begriff, den Befragten dahingehend aufzuklären, dass „Inspektor" nicht die richtige Anrede sei, als er außer dem breiten Grinsen von Tank Mössner auch noch die vielen Goldketten um seinen Hals hängen sah, der eher dem

Baumstumpf einer abgesägten Eiche glich, als einem menschlichen Körperteil.

Der Wert des Geschmeides lag vermutlich im Bereich eines Mittelklassewagens.

Diverse Ringe an den Fingern von Tank Mössner, über deren Geschmack es sich trefflich streiten ließe, rundeten das Gesamtkunstwerk ab.

„Auch nicht an den hier?", fragte der Oberstleutnant und schob eine Fotografie des Dr. Axel Hafner über den Tisch.

„Ach der", antwortete Tank Mössner, *„natürlich kenne ich den; aber nur unter dem Namen <Lucky Loser> und nicht als Doktor Irgendwer."*

„Dann geben Sie also zu, dass Ihnen dieser Mann 84.000 Euro schuldet?", fragte der Oberstleutnant jetzt ganz direkt.

„Hallo, hallo!", erwiderte Tank Mössner heftig, *„ich gebe gar nichts zu. Und schon gar nicht, dass diese Pfeife mir so viel Geld schuldet."*

„Wie viel ist es denn?", versuchte der Oberstleutnant den Befragten zu locken.

„Das weiß ich doch nicht", antwortete Tank Mössner, *„um solche Kleinigkeiten kümmern sich meine Leute."*

Damit war für den Oberstleutnant die Bestätigung dafür gegeben, dass der Doktor tatsächlich Schulden bei Tank Mössner hatte.

Was den Oberstleutnant jedoch erstaunte, war die Tatsache, dass Tank Mössner bereitwillig Rede und Antwort stand, ohne nach einem Anwalt zu rufen.

Und dass er von dieser Spezies mehr als einen zur Verfügung hatte, stand wohl außer Zweifel.

„Wo halten Sie Dr. Axel Hafner gefangen, Tank?"

Der Oberstleutnant hatte bewusst die Anrede „Tank" gewählt, um den Befragten aus dem Gleichgewicht zu bringen.

„Was soll der Blödsinn, Inspektor?", fragte Tank Mössner, *„wollen Sie mir etwas anhängen?"*

Tank Mössner hatte sich erhoben und sich mit beiden Händen auf dem Tisch aufgestützt. Dem Oberstleutnant drängte sich das Bild eines Gorillas in Drohgebärde auf, kurz vor einem potentiellen Angriff.

Der anwesende Uniformierte, der in der Ecke des Raumes Posten bezogen hatte, wollte schon eingreifen; aber der Oberstleutnant bedeutete ihm durch Kopfschütteln, er möge es unterlassen.

„Setz dich, Tank!"

Der Oberstleutnant betrat mit diesen Worten in DU-Manier die unterste Stufe der Kommunikation. Er blickte dabei dem Befragten mit festem Blick so lange in die Augen, bis dieser sich wieder niedersetzte.

„Wieso regst du dich so auf, wenn du doch gar nichts getan hast, Tank?"

Tank Mössner wirkte verunsichert. Der plötzliche Wechsel vom respektvollen SIE, zu einem bedrohlich naherückenden DU, zeigte Wirkung und wurde durch das unruhige Flackern seiner Augen noch untermauert.

„Ich kenne den <Lucky Loser>, und ja, er schuldet mir Geld. Aber keinesfalls 84.000 Euro", erwiderte Tank Mössner, der wieder zu seiner stoischen Gelassenheit zurückgefunden hatte.

„Bei 10.000 Euro ist Schluss bei mir. Mehr Kredit gibt es nicht. Und ich nehme auch keinen gefangen, nur weil er Geld bei mir schuldet.

Das schwöre ich beim Augenlicht meiner Mutter."

„Lebt Ihre Mutter noch?"

Die Frage kam von der Majorin, die bisher nur als aufmerksame Zuschauerin fungiert hatte.

„Leider nein", antwortete Tank Mössner, *„ich vermisse sie sehr…"*

Die echten Tränen, welche Tank Mössner in diesem Augenblick in die Augen stiegen, in Verbindung mit seinem schlichten Gemüt, ließen die Majorin fragen, wie es dieser Mensch geschafft hatte, sich ein beträchtliches Imperium aufzubauen.

„Könnte es sein, dass Dr. Hafner vielleicht einem anderen das Geld schuldet, und dass der ihn entführt hat?", fragte der Oberstleutnant, worauf Tank Mössner ohne nachzudenken antwortete:

„Das wüsste ich aber."

Eine gewisse Ratlosigkeit begann sich bei dem Oberstleutnant einzunisten. Es fiel ihm schwer, weitere, sinnvolle Fragen zu stellen, und er sagte daher:

„Für heute war es das, Herr Mössner. Sie können gehen. Aber halten Sie sich zu unserer Verfügung.

Und im Übrigen, die richtige Anrede wäre <Herr Oberstleutnant> und nicht <Herr Inspektor>, nur so nebenbei."

Die Majorin war nicht minder überrascht ob dieser Bemerkung, als Tank Mössner. Dieser Stand auf, streckte dem Oberstleutnant die Hand entgegen und sagte:

„Es hat mich gefreut, Ihre Bekanntschaft zu machen."

Als Tank Mössner gegangen war, sagte der Oberstleutnant zu der Majorin:

„Was hältst du von dem Mann? Ist er ein Waserl[3] oder ein ausgebuffter Gauner, der uns mit einem Ring in der Nase durch die Arena führt?"

„Ich weiß es nicht, Teddy", antwortete Maxi, *„ich tendiere aber zu Ersterem. Aber hast du dir schon einmal überlegt, ob Tank vielleicht die Schuldscheine von anderen Kollegen aufkauft, um dann eine Person gezielt damit zu erpressen?"*

„Das wäre kein schlechtes Geschäftsmodell", antwortete der Oberstleutnant. *„Aber verfügt das Riesenbaby wirklich über so viel Schmalz? [4], dass er dazu fähig wäre?"*

*****

Die Fahndung nach dem Entführer lief weiterhin auf Hochtouren; brachte aber kein Ergebnis. Und die Quellen von Inspektor Gugginger brachten auch nichts Neues zutage.

Umso überraschender war der Anruf von Marianne Hafner, der an die Majorin erging, mit der Bitte, sie möge vorbeikommen.

---

[3] Wienerisch für Waisenknabe, Unschuldslamm
[4] Wienerisch für Gehirn, Verstand

„Ich habe wieder Post bekommen."

Mit diesen Worten öffnete Marianne Hafner die Tür. Sie überreichte der Majorin den ungeöffneten Briefumschlag.

Maxi erkannte sofort, dass es sich um den gleichen Umschlag handelte, wie bei den anderen zuvor verschickten.

Sie zog sich Handschuhe an und öffnete den Umschlag. Was sie dann zu lesen bekam, haute sie beinahe um.

„Sie können Ihren Gatten hier abholen."

Mehr stand in dem Brief nicht zu lesen. Ein Bild war noch beigefügt, das einen Mann zeigte, der an einem kleinen Tisch in einem Kaffeehaus saß. Und im Hintergrund konnte man sogar das Logo des Kaffeehauses erkennen.

Die Majorin griff zum Telefon und orderte sofort einen Streifenwagen dorthin. Der Mann im Kaffeehaus war zweifelsohne Dr. Axel Hafner. Nur wenig später saß Dr. Axel Hafner im Verhörraum und starrte teilnahmslos an die Wand.

*****

„*Wissen Sie, wer Sie sind?*", fragte der Oberstleutnant sein Gegenüber. „*Können Sie mir Ihren Namen sagen?*"

„*Ich bin Dr. Axel Hafner*", antwortete der Befragte, und seine Stimme klang eher wie die Stimme eines Roboters.

„*Das ist gut*", antwortete der Oberstleutnant. „*Ich werde Ihnen jetzt ein paar Fragen stellen. Lassen Sie sich Zeit und denken Sie in Ruhe nach, bevor Sie darauf antworten.*"

Die Majorin stand mit der Gerichtsmedizinerin hinter der Glasscheibe zum Verhörraum und verfolgte aufmerksam das Geschehen.

„*Wieso hat der Doktor einen so starren Blick, Elfi?*", fragte die Majorin und Dr. Happel antwortete:

„*Das sind noch die Nachwirkungen der K.o.-Tropfen. Das lässt jetzt aber sukzessive nach.*"

„*Wieso hat er diese Tropfen bekommen? Was meinst du, Elfi?*", fragte Maxi weiter.

„*Weil der Entführer so sein willenloses Opfer ins Kaffeehaus transportieren konnte*", antwortete Elfriede Happel.

„*Ganz schön ausgepufft*", erwiderte Maxi und richtete dann wieder ihre ganze Aufmerksamkeit auf die Befragung im Verhörraum.

„*Wissen Sie, wer sie ins Kaffeehaus gebracht hat?*", fragte der Oberstleutnant.

„*Eine sehr sympathische, junge Frau*", antwortete Dr. Hafner, der inzwischen seinen starren Blick wider die Wand abgewendet hatte und nun dem Oberstleutnant in die Augen schaute.

„*Kennen Sie diese Frau?*", fragte der Oberstleutnant.

„*Leider nein*", antwortete der Doktor und lächelte dabei.

Maxi fragte sich gerade, wie ein Mensch, der zwei Menschen kaltblütig ermordet hatte, noch Scherze machen konnte.

„*Wissen Sie, wer Sie entführt hat?*", fragte der Oberstleutnant weiter.

„*Nein, das weiß ich nicht, und bevor Sie mich fragen, ich weiß auch nicht warum ich entführt worden bin.*"

Die Antwort des Befragten kam sehr trotzig daher und erstaunte den Oberstleutnant und die beiden Betrachter hinter der Glasscheibe.

„*Dann will ich Ihnen jetzt den Grund für Ihre Entführung sagen, Herr Doktor*", erwiderte der Oberstleutnant auf ruhige, sachliche Art.

„84.000 Euro – das ist der Grund für Ihre Entführung."

Es dauerte eine Weile, bevor der Befragte darauf reagierte.

„Ich verstehe nicht. 84.000 Euro? Was soll das heißen?"

„Nun, der Entführer hat 84.000 Euro für Ihre Freilassung gefordert und auch erhalten", antwortete der Oberstleutnant.

„Ich verstehe das noch immer nicht", wiederholte der Befragte. *„Wieso 84.000 Euro?"*

„Das ist die Höhe Ihrer Spielschulden, Herr Doktor", antwortete der Oberstleutnant, und sein Ton war schärfer geworden.

„Sie haben doch Spielschulden, Herr Doktor; oder wollen Sie das leugnen?"

Dr. Axel Hafner begann sich zu winden. Eine gewisse Ernsthaftigkeit trat nun an die Stelle, wo sich noch kurz davor Humor breitgemacht hatte.

„Ja, schon", begann er herumzustottern, *„ich hatte in letzter Zeit etwas Pech. Und ja, ich habe ein paar Spielschulden. Aber auf gar keinen Fall 84.000 Euro."*

„Und bei wem haben Sie Spielschulden?", fragte der Oberstleutnant.

Er erwartete jedoch nicht, dass er darauf eine verbindliche Antwort bekommen würde. Der Arm dubioser Unterweltbewohner reichte weit; sogar bis ins Gefängnis hinein.

„Bei diesem oder jenen", antwortete Dr. Hafner, *„die Namen kennt man nicht immer so."*

Der Oberstleutnant gab sich damit zufrieden und holte nun das ganz große Besteck heraus.

„Dr. Axel Hafner, Sie werden des Mordes an Paul Hofbauer und Gerald Körner beschuldigt.

Bekennen Sie sich schuldig?"

Der Befragte zuckte zusammen. Er schien völlig überrascht. Entweder war das der Wirkung der K.o.-Tropfen zuzuschreiben oder er hatte die Tat, während der Dauer seiner Gefangenschaft, völlig ausgeblendet.

„Das mit dem Obdachlosen war ich nicht", antwortete Dr. Hafner, *„das war der Gerald."*

„Soso", erwiderte der Oberstleutnant, *„dann schildern Sie doch einmal den Tathergang aus Ihrer Sicht."*

Und dann begann Dr. Axel Hafner eine Geschichte zu erzählen, die er sich schon vor langer Zeit genau zurechtgelegt hatte.

„Der Obdachlose war ein guter Freund von Gerald."

Der Oberstleutnant unterbrach den Doktor.

„Der Obdachlose hat einen Namen, Herr Doktor. Er heißt Paul Hofbauer, und ich möchte, dass Sie ihn auch so nennen."

„Verzeihung", erwiderte Dr. Axel Hafner kleinlaut, *„ich meine natürlich Herrn Hofbauer.*

Also Herr Hofbauer war auf Einladung von Herrn Körner Gast bei unserem Segeltörn.

Herr Hofbauer war offenkundig noch nie zuvor auf einem Segelschiff mitgefahren, sonst hätte der Unfall nicht passieren können."

„Ich dachte, Herr Körner hätte den Obdachlosen ermordet", erwiderte der Oberstleutnant, *„und jetzt reden Sie von einem Unfall? Also, was stimmt jetzt? Unfall oder Mord? Mord oder Unfall?"*

Der Oberstleutnant hatte bewusst wieder die Bezeichnung „Obdachloser" verwendet, um den Befragten zu verwirren. Und es funktionierte.

„*Das ist die hohe Kunst der Befragung*", sagte Maxi zu Elfi hinter der Glasscheibe, als Ausdruck der
Bewunderung für ihren Kollegen.

„*Ich meine natürlich einen Unfall*", antwortete Dr.
Hafner, der sich die feuchten Hände an seiner Hose
trockenrieb.

„*Dann erzählen Sie einmal weiter*", sagte der
Oberstleutnant, „*und wählen Sie Ihre Worte mit Be-
dacht, wenn ich bitten darf. Es soll doch alles seine
Richtigkeit haben; nicht wahr?*"

Der Befragte nickte und fuhr fort:

„*Bei einem Wendemanöver bekam Herr Hofbauer
den Mastbaum an den Kopf und kippte ins Wasser.*

*Wir haben so schnell wie möglich gewendet, um
nach Herrn Hofbauer zu suchen; aber wir konnten ihn
einfach nicht finden. Es war schrecklich.*"

„*Das verstehe ich nicht*", sagte der Oberstleutnant,
„*normalerweise tragen die Leute an Bord doch eine
Schwimmweste. Oder irre ich mich da?*"

„*Nein, nein*", erwiderte der Doktor, und seine Nervosität nahm erkennbar zu. „*An dem Tag war es sehr
heiß, und wir hatten unsere Schwimmwesten ausgezo-
gen.*"

„*Alle?*", fragte der Oberstleutnant.

Der Befragte nickte und sagte dann:

„Kann ich bitte ein Glas Wasser haben?"

„Das ist ein gutes Zeichen", sagte Dr. Happel hinter der Glasscheibe zu der Majorin.

„Inwiefern, Elfi?", fragte Maxi, und die Gerichtsmedizinerin antwortete:

„Nervosität und Stress sind oft die Ursache für Mundtrockenheit."

Inzwischen hatte ein Beamter ein Glas Wasser gebracht, welches von dem Befragten auf einmal ausgetrunken wurde.

„Was ist dann weitergeschehen?", fragte der Oberstleutnant.

„Gerald hat dann plötzlich Streit angefangen", antwortete Dr. Hafner. *„Er gab mir die Schuld an dem Unfall. Er sagte, ich hätte den Obdachlosen, ich meine Herrn Hofbauer, warnen müssen, als die Wende anstand.*

Ein Wort ergab dann das andere. Plötzlich hielt Gerald einen Baseballschläger in der Hand und ging auf mich los.

Ich habe ihm im Laufe der Rangelei den Schläger entrissen, und dann lag er plötzlich auf dem Boden. Wie das passiert ist, weiß ich auch nicht.

Ich habe dann sofort mit Wiederbelebungsmaß-nahmen begonnen; aber er war schon tot.

Dann muss mich wohl Panik erfasst haben. Anders kann ich mir das nicht erklären. Ich habe meinen besten Freund über Bord geworfen, und ich werde mir das mein Leben lang nicht verzeihen…"

Der Oberstleutnant stand auf und sagte:

„Bitte, entschuldigen Sie mich für einen kurzen Moment, Herr Doktor.

Ich hole mir nur schnell ein Taschentuch, um meine Tränen trocknen zu können.

Ihre Geschichte hat mich sehr ergriffen gemacht. Ich bin aber gleich wieder zurück."

Der Oberstleutnant ging zu Maxi und Elfi und fragte:

„Was haltet ihr von dieser Geschichte?"

„Sie stammt aus <1000 und einer Nacht>, würde ich sagen", antwortete die Gerichtsmedizinerin, und Maxi fügte hinzu:

„Aber sehr schön vorgetragen."

„Dann werde ich jetzt einmal meine Geschichte zum Besten geben. Mal sehen, wie sie dem Herrn Doktor gefallen wird."

120

„Wenn Sie erlauben, dann würde ich Ihre Geschichte gern ergänzen", begann der Oberstleutnant.

„Erstens: Der obdachlose Paul Hofbauer war keinesfalls ein Freund von Gerald Körner.

Zweitens: Die Schwimmwesten an Bord des Segelschiffes wurden im Labor untersucht. Zwei von ihnen waren benützt. Auf keine von diesen waren DNA-Spuren von Paul Hofbauer, ebenso wenig wie auf der Unbenützten.

Drittens: Der Schlag gegen den Kopf von Gerald Körner wurde horizontal ausgeführt und nicht vertikal, wie es der Fall wäre, wenn Sie sich gegen ihn verteidigt hätten. "

Der Oberstleutnant ließ diese Worte eine Zeit lang wirken, bevor er hinzufügte:

„Axel, Axel, Axel. Das sieht gar nicht gut aus für Sie. Und dann noch die vielen DNA-Spuren von Ihnen, die wir überall gefunden haben... "

Und als hätte das noch nicht genügt, den Willen des Befragten zu brechen, sagte der Oberstleutnant:

„Ach ja, fast hätte ich es vergessen. Es kommen ja noch die vielen Erklärungen Ihrer Geliebten hinzu. Also, was die gute Evi uns alles über Sie erzählt hat... "

Dr. Axel Hafners Widerstand war dahingeschmolzen wie Butter in der Sonne.

Er blickte den Oberstleutnant hilfesuchend an, und als dieser ihm einen Rettungsanker zuwarf, fing ihn der Doktor willig auf.

„Dass Sie einfahren, Herr Doktor, das wissen wir beide. Die Frage ist nur, für wie lange.

Ein Geständnis vorab würde Ihre Lage deutlich verbessern und vom Richter honoriert werden.

Ich will Sie aber nicht beeinflussen. Es ist ganz allein Ihre Entscheidung."

Es dauerte nur noch wenige Minuten und Dr. Axel Hafner hatte ein Geständnis unterschrieben, aus welchem hervorging, dass er am Mord an dem obdachlosen Paul Hofbauer beteiligt war und dass er Gerald Körner erschlagen hat.

Dr. Axel Hafner beteuerte aber mit großem Nachdruck, dass er nur ein willenloses Werkzeug von Frau Evi Körner gewesen sei. Sie habe ihn förmlich hypnotisiert.

Der Geständige wurde in eine Zelle gebracht und die Vernehmungsakte wurde, zusammen mit dem Geständnis der Staatsanwaltschaft übergeben.

****

„*Ich freue mich ja so*", sagte Oberst Hirsch, „*dass ihr den Fall so toll gelöst habt, und ich bin sehr stolz auf euch.*"

„*Sind deine Spezis im Ministerium auch so erfreut wie du?*", erwiderte der Oberstleutnant.

„*Das sind nicht meine Spezis, Theo*", sagte der Oberst leicht entrüstet, „*aber was soll ich tun? Die haben nun einmal das Sagen.*"

„*Der Fall ist noch nicht gelöst, Oberst*", mischte sich nun die Majorin ein. „*Der Entführer läuft noch immer frei herum.*"

„*Aber geh`, Maxi*", erwiderte der Oberst, „*den kriegt ihr auch noch. Da bin ich mir sicher.*"

Als der Oberst gegangen war, sagte der Oberstleutnant:

„*Ich kenn niemanden, der so unterqualifiziert für unseren Beruf ist, wie der Hirsch.*"

„*Der Schorschi ist, wie er ist*", sagte die Majorin, „*es gibt Schlimmere. Und so lange er uns unseren Job machen lässt, und sich nicht dreinmischt, kann ich gut damit leben. Und du solltest das auch.*"

„*Du hast ja recht*", gab der Oberstleutnant mürrisch zu, „*ich mein ja nur…*"

*****

123

Der Schwurgerichtsprozess fand unter dem Vorsitz von Richter Moritz Biedermann statt, einem schon etwas älteren und sehr erfahrenen Juristen.

Unter vorgehaltener Hand, nannte man ihn auch „Richter Ruck-Zuck", weil er seine Verhandlungen stringent und zügig durchzuziehen pflegte.

Die Gerichtsverhandlung hatte großes Medieninteresse erregt. Es gab keine Zeitung und auch keinen Fernsehsender, der sich das Spektakulum entgehen lassen wollte.

Der Zuschauerraum quoll förmlich über vor lauter Gaffern und gelangweilten Pensionisten.

Die beiden Angeklagten hatten sich fein gekleidet. Anzug und Krawatte für den Herrn, schwarzes, hochgeschlossenes Kleid für die Dame.

Vera Körner und Dr. Axel Hafner würdigten sich keines Blickes, nachdem sie in den Gerichtssaal geführt worden waren.

Der Angeklagte Hafner zeigte sich in allen Punkten geständig und beteuerte mehrmals, wie sehr er seine Tat bereue, wäre er doch selbst Opfer einer habgierigen Frau gewesen, die ihn zu der Tat angestiftet hätte.

Das wiederum veranlasste die Mitangeklagte Körner, immer wieder aufzuspringen, um lauthals gegen diese Verleumdungen zu protestieren.

Richter Biedermann ermahnte die Angeklagte mehrmals, sie möge nur dann sprechen, wenn sie dazu aufgefordert worden wäre, was jedoch keinen Erfolg mit sich brachte.

Ergo belegte er Evi Körner mit einer Ordnungsstrafe, was diese jedoch nicht wirklich beeindruckte.

Als sie dann selbst aufgefordert wurde, zu den Vorwürfen Stellung zu nehmen, gab sie eine Vorstellung der ganz besonderen Art.

Mit Tränen angereicherter Stimme und unsicherem Stand erzählte sie, dass sie den Avancen ihres Zahnarztes erlegen sei, und dass er sie einmal sogar während der Behandlung, als sie durch eine Injektion quasi wie betäubt gewesen wäre, sexuell genötigt hätte.

„Aber wie ist das möglich, Angeklagte", unterbrach sie der Richter, *„hätte es dann nicht eher nahegelegen, Sie hätten den Lustmolch angezeigt?"*

„Da sieht man, dass Sie von Frauen nichts verstehen, Euer Ehren", antwortete Evi Körner, was eine allgemeine Erheiterung im Saal auslöste.

Richter Biedermann selbst unterdrückte sein Lachen und mahnte stattdessen zur Ruhe im Saal.

Die Angeklagte schwadronierte im selben Stil weiter. Sie setzte sich immer wieder einmal kurz nieder und entschuldigte sich danach jedes Mal beim Richter für die immer wiederkehrenden Schwächeanfälle.

Nach noch nicht einmal zwei Stunden war die Vorstellung zu Ende. Danach verlas Richter Moritz Biedermann die Urteile:

„Der Angeklagte, Dr. Axel Hafner wird zu lebenslänglicher Haft verurteilt.

Begründung: Der Angeklagte hat auf heimtückische Art und aus niederen Beweggründen zwei Menschen ermordet. Der Vorsatz ist in beiden Fällen gegeben.

Die Mitangeklagte, Evi Körner erhält eine Freiheitsstrafe von 12 Jahren und 4 Monaten.

Begründung: Evi Körner hat den Mord mit dem Angeklagten geplant. Damit ist sie als eine Bestimmungstäterin nach § 12 StGB anzusehen. Hinzu kommt noch der versuchte Versicherungsbetrug. "

Als die Angeklagten die Urteile vernahmen, brachen sie zusammen. Mit der Höhe der Strafen hatten sie wohl nicht gerechnet.

Die Anwälte der beiden Angeklagten kündigten sofort Berufung an. Als Dr. Hafner aus dem Saal geführt wurde, blickte er noch einmal zu seiner Ehefrau Marianne.

Aber auch dieses Mal würdigte sie ihn keines Blickes...

*****

Nachtrag:

Die Suche nach dem Entführer ging weiter; aber es gab noch immer keine verwertbare Spur.

Marianne Hafner reichte die Scheidung ein und kümmerte sich weiter um ihren Vater.

Majorin Maximiliane Krecht traf sich häufiger mit der Zahnarzthelferin, Gerda Pfeifer.

Oberstleutnant Theodor Breitwieser besuchte wieder öfter seinen dementen Vater im Pflegeheim.

Herbert Fuchs, Chef der Firma „Sanitär-Fuchs" konnte endlich von den 84.000 Euro die Löhne für seine Mitarbeiter auszahlen.

Seine Tochter Brigitte hatte ihn auf die Idee mit der Erpressung gebracht, nachdem die Firma ihres Vaters eine der Leidtragenden war, welche durch die Insolvenz der Firma „Körner-Bau" beinahe mit in den Abgrund gerissen worden wäre. Sie war eine der Zulieferfirmen des Baulöwen.

Es war niemandem aufgefallen, dass das Phantombild des Entführers einem Star aus einer Fernsehserie sehr ähnelte, welche Herr Fuchs regelmäßig schaute. Nach dem Entführer wird weiterhin auf Hochtouren gefahndet. Aber die Wahrscheinlichkeit, dass er je gefunden wird, ist doch relativ gering…

*****